朱成玉 ——

著

云彩
从来不迷路

山东城市出版传媒集团 · 济南出版社

图书在版编目(CIP)数据

云彩从来不迷路 / 朱成玉著. —济南:济南出版
社,2020.6(2024.3重印)
ISBN 978 - 7 - 5488 - 4323 - 8

Ⅰ.云… Ⅱ.①朱… Ⅲ.①散文集—中国—当代
Ⅳ.①I267

中国版本图书馆 CIP 数据核字(2020)第 105808 号

云彩从来不迷路

朱成玉 著

出 版 人　崔　刚
责任编辑　李圣红　董慧慧
装帧设计　王园园
出版发行　济南出版社
地　　址　济南市二环南路 1 号
邮　　编　250002
印　　刷　肥城新华印刷有限公司
成品尺寸　148mm×210mm　32 开
印　　张　8.25
字　　数　162 千
印　　数　5001—9000 册
版　　次　2020 年 6 月第 1 版
印　　次　2024 年 3 月第 2 次印刷
书　　号　ISBN 978 - 7 - 5488 - 4323 - 8
定　　价　39.00 元

(如有倒页、缺页、白页,请直接与出版社联系调换。联系电话:0531 - 86131736)

我得到过一滴露水的祝福

去南京一所学校做讲座。一个小女孩在讲座开始后十分钟才匆匆赶到，手里捧着一大捧花，有些腼腆地送到讲台上，然后红着脸慌里慌张地逃掉了。 我想，她是借此表达对我文章的喜爱吧。讲座结束之后，孩子们排着长龙拿着我的书来让我签名，我一一满足了他们的心愿。 在给这位送花的小女孩签名之后，我还特意感谢了一下她的花，她没有说话，涨红了脸，给我低头行了个礼。

那是一捧很漂亮的花儿，我看见，花瓣的上面还沾着露水！

给孩子们签完名，我转身就走，忘记了讲台上的那捧花。 这时，我在退去的人群中看到了那个小女孩的脸，她一直朝讲台上望着，她盯着那捧花，若有所思，眼里似有晶莹的东西在闪亮。 我想我伤害到了她，外面下着雨，她是跑了多远的路买到的花呢？ 头发还没有干透，而我就这样把她的一份心意孤零零地落在讲台上。 我急忙折回身去，走到讲台上，把那捧鲜花抱起来。 我快步走到那个小女孩的跟前，当着她的面再一次感谢了她，并且仔细地闻一闻，由衷地赞美道："真香啊！"我看到她终于露出了笑脸，而刚刚强忍的泪珠儿到底还是滴落了下来。我想，那样的泪珠和这花瓣上的露水一样，都是芬芳的。她终于不再腼腆，而是非常认真地和我说："老师，谢谢您！祝您写出更多的干干净净的好文章！"

这是一滴露水的祝福。从一滴露水里，我看到了孩子真诚而纯真的脸。

我相信，这是最真心的祝福，没有一点虚假的成分。而我，也将这个祝福视为一种警醒：干干净净的好文章，需要一颗干干净净的心去写。

一位读者和我说，最喜欢我文字里的纯净，如同甘露，沁人心脾，没有一点儿功利心。而且，还具有治愈人心的力量，可以让很多人从阴霾中走出来。

甘露，可入药。的确可以医身疗心。如果，我的文字里有露珠的痕迹，我想我是会引以为荣的。而这也应该是写作者的责任。当下，太多的写作者以利益为驱动，以赚取流量为前提。有了功利心，文字也就变了味道，只有哗众取宠，再没了灵性，也拧不出一滴生命的露水来。

写作绝对不仅仅是单纯地谋求某种技法，而是要成就一种优雅的情怀。对于写作来说，比那双写作的手更重要的，是那颗写作的心。要让那颗心得到浸润，要让它轻轻一碰，就可以滴出泪水。

那个时候，你写下的字，就是有感情的。那泪滴，就是写作者的良知，也是他心头永不蒸发的露珠。

无论相貌，无论着装，心的通透是最美的；不分贫富，不分高低，心的善良是最贵的。

我和大多数作家的写作习惯不太一样，很多作家的书桌大概都是很乱的，因为写作的人讲究随心所欲，桌子上一些散乱的书籍杂志，烟灰弄得哪儿都是……我不是这样的，我在写作之前，必须让桌子上干干净净，一点灰尘都不能有。我还要先洗个澡，然后放上轻音乐，仪式感十足。我总认为，在这样干净的氛围里，写出的字，才会是清雅的、芬芳的。

还有读者问我一共写了多少篇文章，我说我从来都没有数过多少篇，但我数过在写作中流过的眼泪。文为心声，忘不了那个送花的小女孩给予我的露水一般的祝福，我也必将要回报给她露水一般纯净的文字。我想，这文字里的露水，就是送给读者们最好的礼物，希望可以为他们的心灵，润出一份清明来。

以此为序吧。

目 录 ┼── contents

第一辑

有生之年，
照顾好一块屋顶

有生之年，照顾好一块屋顶

　　我来自人间，我是一团善良的骨肉，我手持艾蒿，我爬上屋顶。我把浩然之气做成一支簪子，插在家的发髻上。

　　屋顶，是我最好的安放月光的地方。思念的月光，总是很滑，顺着你的脊背，一不留神就溜进心里去。

　　我循环反复地播放一首思乡曲，今夜，我的屋顶，定是月光皑皑。

　　我没有其他浪漫的法子，只能带着心爱的人，爬上屋顶。我的美好都是假设的，把月光裁剪，为她做一件婚纱；把星星打捞，为她串一条项链。这些虚设的美好，竟然也会让她流出泪水。

　　她说，她爱这屋顶。

　　而我们似乎抢占了猫的地盘。屋顶上，总会碰见避之不及的猫的爱情，众多的爱情里，猫的爱情是我讨厌的一种。我觉得它们的爱情过于鬼鬼祟祟，小心翼翼地，不敢大白于天下。

　　屋顶的那些草，就好像猫的高高翘起的尾巴，在风里胡乱招摇。

父亲打来电话说，屋顶上的瓦碎了一块，他正准备爬上屋顶，把那块碎瓦换掉，不然下雨天屋子该漏雨了。

我担心父亲的安危，毕竟70多岁的人了。我让他挺过这两天，过几天我请假回去弄。他说他听了天气预报，这两天有雨，漏雨的屋子可要不得，弄不好就哗啦啦地把好日子都给漏掉了。

父亲有听天气预报的习惯，喜欢对每天的天气了如指掌，我不明白他为何要如此执着，他说一个人，难道不应该关心天气吗？天气就是老天的脾气啊，咱得随时留意着，不然他哪天发了脾气，你们都还蒙在鼓里呢！

对自然的敬畏，让父亲的骨头里，又多了一样钙质。

父亲担心着一块碎瓦，我担心着父亲的身子，他再也无法直起的腰身，爬上屋顶，会是一种怎样的艰难！可是，我在想象这个画面的时候，除了担心，还有一种骄傲的情怀，我仿佛看到一面旗帜的冉冉升起。是的，我可以把父亲比喻成旗帜，他并不伟大，他只是让我降生，让我长高，让我善待世界，这便足够。

父亲执拗地在我回家之前，把那块碎瓦换掉了，还好，他安然无恙。

我命中的旗安然无恙，屋顶安然无恙。

顾城说："人的责任是照顾一块屋顶，在活的时候让它有烟。"

屋顶有烟，我就知道尘世安稳，就能想到亲人们安详的睡姿，能听见一会拢起一会散开的鼾声，能想到多年前养过的一只狗，怀抱一只充满脚气的棉拖，瘫卧如泥。

看吧，这就是我们的尘俗，那里有我们想要的暖。哪怕是生了草的屋顶，也不妨碍那暖，在屋子的任何一个角落流转。

每个人都有一块自己的屋顶。那里离星星很近，即便乌云遮天，我也喜欢抬头仰望。

在我所有的漂泊里，屋顶是我忠实的岸，是我出发之地，也是我最终要赶回的地方。

有生之年，我只想照顾好一块屋顶，让屋顶有烟。

屋顶有烟。烟里有菜香，有父母的味道，那一丝看不清的缠绕，裹挟着我的灵魂，径直地扎下根去。

屋顶有烟，眼里有泪。

屋顶有烟，不管它是笔直的，还是被风吹得左右摇晃。只要有烟，它就是活着的。

西风凛冽，父亲凌乱的白发招摇开来，像屋顶上干枯的草。我急忙给父亲戴上一顶帽子，好像给屋顶换了一片新瓦。

愿得日日小欢喜

一场雨刚过，蘑菇疯长，第二天天刚亮，漫山遍野就已经铺满了人，采蘑菇的人貌似比蘑菇都多。

我和妻子也在那趋之若鹜的众人之中。我们收获颇丰。临近中午，人群纷纷从山上往山下撤离，有零星的人却恰恰相反，迎着我们，往山上去。这被无数人翻采过的山头，要想捡几个"漏网之鱼"还真是不太容易。

迎面来了一位白发老者，虽然拄着拐棍，但精神矍铄，或许是我们嘲弄的话无意间飘进他的耳朵里，他微笑着像是回复着我们，又像是自言自语地说："我就是来赶中午这一波的。"

很多人都选择了在早晨，熙熙攘攘地随着人群去采蘑菇。殊不知，蘑菇的成长是很快的，早晨还是肉眼看不见的，中午就冒了头，所以，你就算是中午来，一样可以有所得。

他不争不抢，哼着歌儿，在他眼里，捡拾的不仅仅是蘑菇，应该还有一颗小小的欢喜的心吧。

还有一对小夫妻，领着刚会走路的胖嘟嘟的孩子，以玩儿为主。大概没采过蘑菇，进山许久，两手依旧空空。

看到我们采了这么多蘑菇，倒也很是羡慕，年轻的爸爸有些自嘲地说，我们和孩子来，能捡到一对蘑菇就算成功。

他给自己设定的目标低得离谱，所以，他离快乐最近。

不一会儿，就听到他在那边大声地喊，我们已经成功一半啦！他采到了一朵蘑菇，举在手里，向他的太太欢快地展示着。

他欢喜的心，在整个山里，都看得见，听得到，很多人的心，都在慢慢向它靠拢，包括我自己。

岳母是农村女人，身上免不了贴着因为精打细算而显得小气的标签。她的二女儿是做教师的，母亲节的时候收到很多学生送的花，就拿出很大的一捧去送给岳母，岳母当即就训斥起来，这么不会过日子的败家孩子，这一大捧花够买多少棵大白菜啊！听说是别人送的，立马释怀了，急忙捧来一个花瓶，装满了水，把花一枝一枝放进去。看包装纸太漂亮，不舍得扔，就直接包在了花瓶外面。美滋滋地那么看着，仿佛把一整个春天请进了家里。

一直不知道，她还有这样一颗小欢喜的心，只是，这么多年来，一直都没有多余的一分钱来给这份"奢侈"的小欢喜之心献上哪怕一枝花。

诗人痖弦对女儿说：爸爸一生的文学和人生都失败了。女儿说，失败才更像一首诗啊。一颗欢喜的心，在成功与失败之间，看到的不是功利的得失，只是诗句的抑扬顿挫。

《近世丛语》里有个很有趣的故事。有个樵夫，在山上砍柴时常去一座寺庙里歇脚。和尚很热情，总是以茶相待。有一天，樵夫问和尚，喝茶有什么好处。和尚说，喝茶有三大好处：一是可以消食，二是可以提神，三是可以寡欲。樵夫听了，说："哎呀，这三大好处对我来说是三大坏处啊！我本来就是吃糠咽菜，肚子里没多少油水，喝茶还可消食，怪不得我在您这里越喝越饿呢！我早出晚归，每天都很辛苦，晚上美美地睡一觉真是舒服啊，而喝茶提神，让我睡不着，那可太痛苦了！至于寡欲，就更不好意思了！我是有老婆的。我虽然穷，但对老婆很亲热。如果我喝茶寡欲了，她会待不住的啊！"樵夫要求下次来时喝点井水就好。喝茶对于樵夫而言，实在是太不实惠了。

如此看来，只要内心欢喜，吃糠咽菜，喝着井水也是欢娱的。幸福的人总能从微小的日常中汲取到欢愉，在粗粝的人间寻觅到无可替代的爱，并能一念多年。就像林清玄说过的那样，如果心水是澄静的，那么就日日是好日，夜夜是清宵。

在山里，我总是会刻意把最小的蘑菇留下，留给下一波来采蘑菇的人。别小看那故意留下来的小小的蘑菇芽，那是这座山的希望，也是人类的希望。

这么说似乎有点托大，那就往小了说，那小小的蘑菇芽，是我留下来的小小的欢喜的心，等待有人与我一起去分享。

心有弦音

每天走山，完整的一圈，从山南到山北，是不一样的境地。

如果山南是人间，山北就仿若仙境。山南有广场，人们唱歌、跳舞，耍着太极，热闹喧哗；山北有寺庙，雾霭缭绕，佛音袅袅，一颗心就会蓦然沉静下来。

听人讲起近几日山上有蛇出没，心便格外慌乱起来，脚下的一截枯枝，都会令人心生恐惧。

不顺心之事积压甚多，埋怨、悲叹、失落……各种情绪涌上来，住到心上，脚步也就跟着沉重起来。每天经过的那个很陡的山坡，今天走起来格外吃力，脚底板粘了胶一般，举步维艰，就因为心里放了疲惫。

到了山北，听到了佛音，闻到了佛香，心里就住下了慈悲，心上亦有了弦音，枯枝便不觉得惊悚，脚下也轻快许多。

山南山北，路的开阔和狭窄，心的沉重与轻松，皆系于一念。若你消沉，陷于困境而不努力攀爬，你生命的琴，便永远不会弹奏出生机勃勃的乐曲，反而一片死寂，如同墓地般荒凉。

史铁生写过一篇叫《命若琴弦》的小说，写一老一少两个盲人，流窜于各个村落之间，以拉三弦说书为生。老盲人有一个心愿，他的师傅曾经告诉他琴槽里有一张治疗失明的药方，只有弹断1000根琴弦才能把药方取出来抓药。于是老盲人天天盼、夜夜盼，盼了五十年，尽心尽力地弹断琴弦一根又一根……终于有一天大功告成，他欣喜激动地取出了药方去药铺抓药，结果被人告知那竟然是一张无字的白纸。

梦想瞬间崩塌，老盲人忽然觉得生命已无所依。于是他如法炮制，告诉小盲人，只有弹断1200根琴弦时，才能打开琴槽去取药方。他想，1200根对于小盲人是个遥远的数字，他希望小徒弟永远扯紧琴弦，无须打开那无字的白纸……

这是一个关于希望的故事，尽管总是以失望作为轮回，但是希望之火一直不灭，它在人们的心弦上跳跃，生生不息。

我鼓励着每一个拿起笔准备写作的人，勇敢地闯入自己的内心，哪怕不为别的，只为了让我们的日子过得更诗情画意一些。想一想，那真的是很美的。一个人，哪怕去了再多地方旅行，也远不如在自己心底进行一次探幽！

最美的风景在心底。从一开始，纯净的本心就已经存在于我们的琴弦里了，只是，我们不弹，它也就暗哑了你的时光。而如果杂念太盛，杂音就会太多，也将无法令你的琴弦如清溪，汩汩涌出动人的心曲。

赫尔曼·黑塞说："当一个人以孩子般单纯而无所希求的目光去观看，这世界是如此美好：夜空的月轮和星辰很美，小溪、海滩、森林和岩石，山羊和金龟子，花儿与蝴蝶都很美。当一个人能够如此单纯，如此觉醒，如此专注于当下，毫无疑虑地走过这个世界，生命真是一件赏心乐事。"

门前的老槐树，皴裂的树干彰显着雕刻般的风骨，不论它如何衰老，一样会在夏夜里散发它的馨香。一丛芍药在墙角开出朵朵的鲜艳，我觉得它不是在招惹什么，它只是想让时间变得富有色彩。有一只蝴蝶飞到我身边，不经意地落在我的肩头，然后又飞走了，振动着它那美丽的翅膀，悠闲得让人心动……

我开始喜欢眼前的一切，把杯子擦得干干净净，用热水冲上清茶，让它盛着我的下午。

一个人的心，走得越远越久，就越是博大和辽阔。

我见过一个老人和一只猫依偎在墙角，晒着太阳，彼此取暖；我见过一个家道中落的女子，穿着极朴素的衣服，素着颜，劳动着，给人的感觉却是轻盈和纯净；我见过一群男孩子在夜里踢球，中途下起了倾盆大雨，他们疯狂地奔跑，莫名其妙地大笑着，浑身湿透，狼狈不堪，却无所畏惧；我亦见过，一垂钓老者之悠悠静态，水面上是他自己的影子，偶尔有白云浮过，仿佛他钓的不是鱼，而是云朵，是风，是他自己和滔滔而去的岁月。

心若有弦，万物皆可弹出曼妙之音。

耐皱的心 —+——

邻居玲子性子泼辣，作风彪悍，长得也是粗线条，女汉子味道十足。她的声音烟熏火燎的，她的话也仿佛都沾着锅底灰。炒个菜看着像在跟一头野猪搏斗似的，脾气比得急性肠胃炎的人等坑位的时候还暴躁，对所经历的一切都是囫囵吞枣，上床头沾到枕头，身体就飞快忘记了大脑，急迫地睡去。

人们对她没有别的印象，只有萦绕不绝的爽朗的大笑。让人时刻担心着墙皮脱落。

她是个有故事的人，而有故事的人，我都会称之为美人。

从她出生那天起，命运就开始一波三折。母亲因为她，难产而死，父亲在四年后给她找了个后妈。最开始后妈对她还不错，只是给她生了个同父异母的弟弟之后，她便不再受待见，小小年纪就要做家务，上学没多久便辍学，17 岁就被安排相亲，嫁了人。

她先后嫁了三个男人，无一例外，三个男人最后都弃她而去，理由不尽相同，她看得开，自己带着俩孩子，照样把日子过得跟开水似的，热气腾腾。

有热心人给她介绍对象，她照看不误，年过四十的女人，对爱情向往如初。这一次这个男人还算靠谱，老实巴交的，给人一种很踏实的感觉。他也不嫌弃她带着俩孩子，俩人很快就在一起搭伙过起了日子。

爱情的滋养让她的双颊红润，泼辣的作风收敛了不少，举手投足间多了一丝温柔的气息。当然，亘古不变的是那爽朗的大笑。

俩人过了好多年，竟然没吵过架。老男人还挺浪漫，在小区里，经常可以看到他手里拿着一枝玫瑰，而且更有趣的是，常常是他左手拎着一大兜蔬菜和水果，另一只手攥着一枝玫瑰。

比如今天，他手上的东西更丰富，一只普通的炒锅，还有几样蔬菜、一斤馒头和一条刚刚宰杀完的鲜鱼。当然少不了玫瑰。玫瑰只有一枝，用粉红色的塑料纸包着，外面还系了一条深红色的丝带，价格很便宜，只有两元钱。

他就那样一手拎着铁锅，一手拿着玫瑰，从超市步行回家。他的浪漫只给太太一个人。

这份浪漫，让他的心平展如毯，没有一丝褶皱。

玲子爽朗的大笑从没有间断过，只是那笑声里，不再有那么多锅底料的味道，而是多了一丝豁达和满足。

如果让她选择，她或许不要这么多故事，只做一个简简单单的女人，宠着自己简简单单的幸福就好。

出门旅行，购物是妻子的必备项目。妻子的行李箱装得满满的，几乎没有任何缝隙，可是她仍旧抵不过那件丝绸旗袍的诱惑，毅然买下它。那是她买的所有衣服中最贵的一件，她却把它放到了行李箱的最下面。我说，嘿！你就不怕这件最贵的衣服被压成地摊货吗？她说，你不知道，这件衣服好就好在它耐皱，不管怎样压，也不会出皱。

到了家，妻子从行李箱里把它拿出来，使劲儿抖了抖，果然，一点儿褶皱都没有。妻子懂它，它也似乎懂妻子，费尽心思为知己"守身如玉"，妻子和它有着惺惺相惜的心。

真正优雅的心是抗皱的！

就像玲子，她不愿意用书籍、瑜伽、音乐、电影、中药、红酒、茶水和佛珠把自己包装成一个优雅的中年女人，同时也不要求世界赐予过多，她只要自然的一切。上帝给她什么，便接受什么，如此而已。

她的心，因此没有一丝褶皱。

说白了，灯红酒绿不见得快乐，粗茶淡饭不见得悲苦，有一颗抗击打的、耐皱的心，才能在生活的每一个早晨，煲出一锅热气腾腾的好粥来。

黄昏是生命的琥珀

黄昏之美，在于它的迟暮，在于它不可更替的忧伤。

我用胸膛爱你，我用我的额头贴紧你，那是我的精华所在，我所有的才华都凝聚于此，我只想把我能想到的最美妙的文字，都献给你，黄昏。

黄昏，你是沉淀下来的酒，让万物的脸庞红润，醉眼迷离。

蚂蚁顶着一颗饭粒儿，在暮色里赶往自己的巢穴，这个标点一样的背影，令我心生感动。那或许是一位父亲，满载着儿女的期望，匍匐而行。

如果可以，我宁愿去做一只，在清晨顶着露水，四处觅食的蚂蚁，也不去沾惹，这令人忧愁的暮色。那里面含了太多的红酒，我怕醉得一塌糊涂，错过明天早上，与第一缕朝阳的约会。

而此刻，我和我所剩无几的青春，都被困在黄昏的琥珀里。

黄昏里，我从一个老人手里买了新鲜的椰子，迫不及待地插入吸管。我没有见过大海，但此刻，我吮吸到了它。

黄昏里，对弈的长者时而运筹帷幄，时而征战杀伐，棋盘很小，棋局很大。

小饭馆的黄昏酒气熏天，一个炒三丝儿，半斤烧刀子，两碗大米饭，一个男人轻而易举就把这一天卖出去的力气给赎了回来。

老板娘略有姿色，在黄昏里呷了一口酒，霞光漫到脸上，越发楚楚。她热情好客，男人们流连忘返，一边喝着酒，一边逗着乐子，真真是美事一桩。男人若是一斤的酒量，和老板娘搭上一句话，定会再多喝个二两。

门口的小酒幌油渍渍的，在黄昏的风里左右摇摆，像喝得闪了脚的男人们。

养老院的黄昏余温尚在。靠着墙根静坐的老人，微闭双眸，在回忆里摸爬滚打，老人的一生波涛汹涌，最后蜷缩在黄昏里，平静得像一个标点。

他枯萎着，像熟透了的软塌塌的蘑菇。

孩子打来电话，询问养老院的卫生和伙食，老人一共说了七次"蛮好的"。

儿女们还在奔忙，世界还在旋转，唯独这里的黄昏，静如处子。

他喜欢静，转一下身都不情愿。黄昏里的最后一点光，絮进了他百褶丛生的皮囊。

生活的黄昏，沉淀着沧桑之美。你舍得花多少力气，就搬得动多少璀璨之石。那珍藏在生活内部的璀璨之石，从不肯轻易把耀眼夺目的一面亮给你，你看到的经常是它的背面，就像这黄昏的琥珀。

遥远的乡下，木匠把房屋搭建在水边，他说要让婆娘坐在屋子里就能看到水里的晚霞；铁匠在打制锄头，这世上没有被耕种的土地并不多，所以，他并不急切，他缓慢地生火，缓慢地分拣碎铁。

一排排炊烟升起，女人们扎上碎花围裙，为辛劳的男人准备晚餐。

牧羊人的狗跑得飞快，许是主人允诺了它，晚上要多给它几根骨头吧。

孩子们背着书包，溜着墙根往家走，不知是贪恋那上面留存的白日的体温，还是喜欢那墙上慢慢游走的影子。

人生，说简单就简单，一个日子追着一个日子，哗啦啦地过。说复杂也复杂，一个日子一团麻，这团未理顺，后一团又堆上了。

黄昏的光线柔和，具备油画的质感。在这样的黄昏里，你会发现，你心里有个小熨斗，什么样的褶子都被熨得平平展展了，在你心里最柔软的地方，变得更柔软。

我在黄昏，我无所畏惧。

即便到了生命的黄昏，又有何妨！生命是一场场约会，最后与死亡的约定，又何尝不是最绚烂的落幕？

一块一块的霞光，为这个黄昏打着慰藉的补丁。天气预报说，从夜里开始，有零星小雨，预计将会持续一周左右。如此，我还怎肯舍弃这璀璨的暮色，尽管它如此令人忧愁。

品德美好的人在大地上掌灯

在工厂上班的时候，有一个工友叫朱逸群，这名字听着就让人发笑，好事者总是免不了要挤眉弄眼地捉弄他一番。他最显著的特征就是能吃。

有一次去外地，中午饿了，找到一家有点档次的饭馆。他想，好不容易出趟门，得好好犒劳自己一顿。他要了两屉包子，又拿来菜单，看到牛肉，二十四元，深吸了一口气，最终还是狠了狠心点了一盘。两屉包子不一会儿就被他消灭了。牛肉上来了，偌大的盘子里薄薄地铺着几片牛肉，他数了数，一共八片。"三八二十四，娘的，这一小片牛肉就三块钱啊!"他这个心疼啊，可是点了，也总不能让人退回去吧。他拿起筷子，欻欻欻把八片牛肉摞到一起，一筷头子夹起来，整个放进嘴里，大快朵颐。一边吃，一边还不忘轻声嘀咕："这一口就二十四啊，忒贵啦，什么鬼地方这是!"

被饭馆老板听见，不免投来鄙夷的眼神，可是接下来发生的事情，却让饭馆老板立马对他肃然起敬了。

一个小乞丐闯进来，求人施舍个剩饭剩菜啥的，一看就是饿坏了。

朱逸群二话没说，重新要了两屉包子，打了包。"我吃一顿的，够你吃两顿。"他摸摸小乞丐的头，还不忘和他开个玩笑。

一个不打就不练琴的孩子，每次练琴之前必然要哭闹一番。忽然有一天，一个人敲门，送来很多玩具和书，说是当作礼物送给孩子，孩子和家长不明就里。这个人说，我住在楼下，每天可以免费听你弹琴，这点礼物算是感激你的，谢谢你让我听到如此美妙的琴声。从那以后，楼上再没有听到打骂孩子的声音，而那琴声每天都如约响起。那个弹琴的孩子，因为楼下有双欣赏他的乐曲的耳朵而变得越来越努力。

很多年后，那孩子成了小有名气的乐师。在接受访谈的时候，他说，感谢曾经有一个人，耐着性子听他嘈杂的琴声。那个人善良的鼓励使他的琴声越来越美妙，一颗心也变得越来越美妙。

有一次出差，坐的软卧包厢，条件虽好一些，但终究还是敌不过失眠的毛病。只好拿着一本书看起来，希望可以让自己困倦，勉强睡一觉。

住在下铺的是两个四十岁左右的男人，应该是在前几站就上车的，此刻早就解下外衣裹在被子里，他们互相也不说话，保持着天然的疏离。倒是上铺对面的那位，穿着印有老虎图案的 T 恤，一脸横肉，匪气十足，脖子上挂着老粗的一根金链子，让人心生几分畏惧，却又话痨一般的与我几次搭讪。礼貌简短的回答之后，我知道对方并无恶意，却仍然还是有些忐忑不安。看我没什么聊天的兴趣，他就开始戴上耳机，用手机看电影，并不停地吃着零食，感觉吃了有两个小时那么长，他的胃口一定非常有弹性。

我昏昏欲睡的时候，感觉到对面那位终于收起零食，不出 10 分钟鼾声四起，怎么说呢？此处应该用一个词：响彻云霄！在这样密闭的环境里，恼人的呼噜声 360 度回旋，有立体音响的听觉感受。所以，整个夜晚，我的眼睛和耳朵都默默在眼前描绘出一个圆形时钟的画面，看着秒针一格一格地走着。

第二天一大早，我和他抱怨，你的呼噜声震天响，害得我一晚都没睡好呢！他不好意思地挠挠头："我知道自己打鼾的毛病，所以才那么晚睡，就是寻思等大伙儿都睡了，不影响你们的。没成想到底还是……对不起啊。"

听他这样说，我还能说什么呢？虽然一夜未睡，但此刻的心情却并不晦暗，反而有些兴奋呢！或许是受了昨晚那一首循环播放到天亮的雄浑高亢的交响曲的影响吧。

王尔德曾经说："有许多品德美好的人，如渔民、牧羊人、农夫、做工的人，尽管他们对艺术一无所知，但他们，才是大地的精华。"

凡自然之物之所以美，无不因其大公，它们从不遮蔽自己，愿意更多的人分享；凡人世面目之所以可憎，无不因其自私，私利作祟，内心自然尘嚣日上。

在这私欲纵横的大地，幸好有品德美好的人，他们是珍贵的物种，大地的精华！

他们在大地上掌灯，与日月同辉。

人生的写意

法国作家蒙田有段文字，我很有感触，他说：

"我们生活的责任，不是去打仗，去扩张地盘。我们最豪迈、最光荣的事业，应该是生活的写意，一切其他的事情，执政、致富、建造产业，充其量也只不过是这一事业的点缀和从属品。"

的确，我们的生活需要一些浪漫。我们的时代也应该有更多的浪漫，而不只是工作。倘若，我们只是日复一日地奔走，而不能有生活，有闲暇，有逗留，有感受更多不经意"瞬间"的意识，那该多么无趣！

人要活在一种意境里，而不仅仅是现实中。

多少人，像一幅工笔画，每天按部就班地活着，陀螺一样机械地旋转，上紧发条的时钟一样嘀嗒。这就像一间没有窗户的屋子，你不能通过一扇窗子去享受微风，去欣赏白云、绿树和红花，这样的人生注定是有缺陷的。

人要活在一种意境里，就像孤舟和蓑笠翁，嵌在柳宗元的江雪里；就像绿肥红瘦，掩映于李清照的梦境中。就像陆游执扇，唐婉弄钗。淡然之于陶潜，怆然之于陈子昂，怡然之于王维，戚然之于杜甫。

意境是一个人心中的那片海，头顶的那片天。

写意的人生，是凌驾于苦乐之上的淡然。

吃糠咽菜，衣不裹体，苦吗？苦！不过是表面而已。比之山珍海味，穿金戴银，所谓苦只是基于千百年来人类的一种主观评价。

活在憨笑的风里和微泣的雨里是不一样的。各得其乐，安于其所，穷富都不觉得苦，也不觉得乐。不论富裕贫寒，地位高低，男人女子，你都要不可避免地走向末日。

分分秒秒，不管是欲醉似仙的快乐，还是不堪忍受的痛苦，每一瞬息你都无法超越，只能老老实实地去享受或忍受。这才是活着的苦。

一个罗马尼亚女人，有着与中世纪巫婆相似的外表，有着与中国乡下农妇同样的温柔质朴的内心，站在布加勒斯特街头喷泉边，缓缓地对我说："生活给予了你什么并不重要，重要的是你只能承受。"借着内心荡漾的爱，她说出了与她外表惊人相符的预言般真谛。

这是看透了苦，把苦当成咖啡来喝的一种超然。它就像一股清新的风，吹开了我心头的褶皱。

在现代人快节奏的生活中，需要我们出其不意地以静制动，试着静下心来思考，以心平气和面对诸多烦恼。这不啻为一剂清凉的药，让你在被现实困扰时，能听到潺潺的溪水声，感受到层层叠叠的鸟语花香。

正如蒙田那充满哲理的抒情："跳舞的时候我便跳舞，睡觉的时候我就睡觉。即便我一人在幽美的花园中散步，倘若我的思绪一时转到与散步无关的事物上去，我也会很快将思绪收回，令其想想花园，寻味独处的愉悦。"

一颗淡然的心，能解这世上所有烦恼的蛊。

念旧的菩萨

我是一个怀旧的人。许多旧物都不舍得扔，以至于搬家的时候，光是那些旧物就浪费了不少人力。比如满满几大箱的旧书，我无比珍视。按理说，那些书都看过好多遍了，留着似也无用，可我总是迷恋那上面的味道。有些发黄的书页，被旧时光的风吹着，书里面夹着的一片叶子或者一张小纸条，都向我传递着某些日子里的小情结。

旧，像我乡下的亲戚，不常走动，可是它在那里，镀着岁月的银光。

万物速朽，唯有往事最为保鲜。在往事里，可以让大红的灯笼经久不息地挂着，可以让一扇窗子，永远向北敞开，可以不受打扰地，埋头数你的星星，忘却白日喧嚣。

我们总是习惯怀念过去的日子，无论当时是否欢喜！比方我在敬老院见到的这位老者，已经80多岁了，业已枯萎的人，回忆起过往来却是精神抖擞。

他跟我说："集体的那会儿，人们穷，我这一窝八口的，吃不上穿不上的，也是逼的，就得干点儿投机倒把的事。从咱们家到桦南有二百来里地吧？傍黑天时在家走，还得背上二三十斤的小米，第二天天一亮就得到地方。然后偷着换一些粮票、布票和钱。找个没人的地方休息一天，晚上再返回来。就这么一遭，回到家来，这二三十斤小米就当五六十斤用。"

他一边说，一边表现出很自豪的样子。本来是一件极其艰辛的事，却在他的老年记忆中如此的鲜活和光荣，俨然英雄一般。

我想起大哥来。50 多岁了，赶放着上百只羊，日子乏善可陈，唯有靠着记忆里的那点光鲜来装点门面。每次喝酒，他都必然要去回忆里捞几段往事做下酒菜的。几乎每次必提的一件事是——年轻的时候，他喜欢抱打不平。有一次二哥放学的时候被人欺负，回家哭了鼻子，大哥二话没说，跑去学校边蹲坑，以一敌十，把欺负二哥的小混混们暴揍一顿。

而父亲的记忆更多的是他的车床，他在车床前一站就是半辈子，一天和一年没什么两样，一年和十年也并无区别。有时候我问他，这一生有啥值得回忆的，父亲咂了一口酒，仔细想了想，说："你妈生你那天，我在厂里戴了大红花，你说巧不巧！"

比起父亲的黑白照片，母亲的记忆还算斑斓了些。少女的芳心涌动、初为人母的喜极而泣，都是母亲津津乐道的往事。都说忆苦思甜，母亲很少念起过往的苦楚以及伤害，她记得更牢固的，总是那些美好的事，比如儿女们的一颦一笑，苦中作乐的点点滴滴……

而苦，已然被她庞大的内心消化殆尽，片甲不留。

以前总是喜欢收集各种东西，车票、电影票、门票，还有很多承载太多回忆的小物件。往事只是旧了，没有丢失。现在，喜欢在某个下午的阳光里，盘腿坐在地上，翻看从前的照片，一张张、一件件的回忆，五年、十年、二十年……时光呼啸着倒退，且悲且喜。

我见过因为手机内存不足，把和前男友的聊天记录打印成册，然后每天晚上哭着看了一遍又一遍的傻姑娘。她大概是那种太过用力爱一个人而忘了爱其他人，甚至爱自己的人吧。其实我们都知道的，有些人是等不回来的，有些感情也不会因为你念旧就重来的。

有个唯美的句子说，念旧的人就像一个拾荒者，不动声色，却满心澎湃。

亲爱的姑娘，你在旧事的汪洋里游，冒着溺水的危险。等某一天，你不再对着那些过往哭泣，你就上了岸。念旧，而非沉溺于旧。

旧，可以灰着脸，可以神情暗淡，可以卷起毛边，但它的脊梁始终都在。就像此刻我手中的笔，它陪伴了我几十年，有了电脑之后，它被长久地搁置。虽然它是老旧的，可是它的风骨犹在，我与它的爱恋，历久弥新。

眼前的这些字，就是用这支笔写下来的。用惯了键盘敲字，重新拿起笔，它是轻盈的。我不知道用很久以前的笔写下的字，是不是也会有了旧时光的味道，那自是令我欣喜的。

其实，念旧的人更像菩萨，一如我的母亲，庞大的内心里住着慈悲，今朝和往昔，一切安好和磨难，总能平和相处，融于一体。菩萨用她的胸怀，磨砺着岁月的珍珠，心中有爱，世间万物皆有光亮。

从今天开始，抱住今天

今天，我是崭新的，我从不认为我已陈旧、过时，每一天，我都是新的。新人，我取最早的露水，洗自己的脸，而后去镜子中，与自己相认。通过一面镜子，我会看到一模一样的自己，只是，镜子里的那个，是冰冷的。

通过别人的眼睛，会看到不一样的自己，甚至，一张脸上的两只眼睛里，都会是不同的。我的内心，有柔软的闪电，也有愤怒的惊雷，这些别人都感受不来，只有自己能看到。

我长了皱纹，我生了白发，但我依然宠爱自己。我是今天的主人，我主宰今天，驾驭今天，今天的分针和秒针，滑行起来，必然带着芬芳。

看过一部令我陷入思考的美国电影《降临》，它的剧情是：十二个外星"飞船"从天而降，散落在地球十二个不同的地区，这十二个地方没有任何人类已知的关联。各国成立了类似联盟的组织来破解这次外星人到访的目的。

语言学家露易丝及物理学家伊恩受命负责与美国上空的外星人进行沟通。外星人的时间是非线性的，这在一定程度上也体现在他们的图形文字上。

在通过与外星人的沟通后，露易丝逐渐理解了他们的语言，并获得了预知未来的能力。通过这项能力，露易丝成功地说服了影片中的中国人民解放军总司令商将军，使已经破碎的对外联盟再次联合在一起，最终避免了一场地球与外星人的战争。

最后，外星人离开，露易丝跟随着未来的脚步与伊恩在一起，他们未来一定会有一个叫汉娜的可爱的女儿。

与其说它是科幻片，不如说是人性片，影片最感动我的地方是：经过与外星人接触，露易丝获得了预知未来的能力。影片开始，露易斯和女儿汉娜的生活片段仿佛是回忆，影片后部才让人发现这是未来。在未来，露易斯同伊恩相爱，有了女儿汉娜。但是女儿最后在青年时患癌去世，伊恩也离开了露易斯。即便知道结局，露易丝还是选择了开始，她向伊恩说："尽管知道整个旅程，知道它通向哪里，我依然倾心接受，拥抱它的每一个时刻。"

未来或许不是最好的安排，但她还是勇敢地选择了接受。

在她与外星人对话的时候，我觉得，那不过是一个人与自己内心的对话。她是这样总结自己的——会很多种语言，懂得许多交流方式，但最终还是孤身一人。对于露易丝来说，未来无时无刻不降临在眼前，就像我们每个人都知道生命的最后，必将经历死亡，但还是会认认真真地过好每一天。

爱自己，像爱一本心仪的书那样，轻轻地翻阅，认真地思索。自己可以把自己逼到天涯，自己也可以把自己捧上蓝天。顾城说："世上只有一本书就是你，别的书，都是它的注释。"

那么，好好地阅读自己吧。别错过任何一个段落，甚至一个词，一个字，一个标点。别错过任何一根头发，一朵睫毛。

无关过去与未来，今天就是最美的降临。今天，你是独一无二的你，任何人都无法替代。当然，你可以特立独行，自然也不必要求大家都标新立异，那样岂不是要天下大乱。每个人都有权选择自己的生活方式，我们要养成一种平和自由的心态，能够对自己不了解的东西报以宽容，能够对自己不赞同的观点报以理解，能够对自己不喜欢的事情报以尊重。

你可以不具备制造光亮的能力，但请务必保有一颗接纳光亮的心——从今天开始，抱住今天。

在今天种下一棵树，明天我死了，树会替我活着；在今天写一本书，明天我死了，文字会替我活着；在今天生下两个女儿，明天我死了，米花儿和米粒儿会替我活着。

今天，甚好。风来唱歌，雨来吟诗。没有传奇，没有壮举，只有简单的歌里传颂的，平庸的幸福。感谢白天照亮了白天，感谢黑夜遮蔽了黑夜，感谢我，拥抱我，拥抱当下一个个美好的瞬间，不问前程如何，但求落幕无悔。

把信念的萤火虫带在身上

父亲和我讲过他在工厂上班时候的一件事。

那个时候，还没有公交车，工人们上下班都会骑自行车，也有少数富有一些的，骑摩托。工厂的入口处，有个不算大的坑，门卫老张是个热心肠的人，总是在上下班的时候，守着那个坑，嘴里念念有词：小心点坑啊……最开始人们还感激他，可是时间久了，大家也都知道了那个坑的所在，他却依然每天都会守在那里，提醒大家。这不免就让大家觉得烦了，不就一个小坑吗？你就别操心了，我们知道绕着走。他却不听劝告，还是日复一日重复那一个动作。人们开始纷纷猜测，老张是不是有点"神经"了。

过了几个月，老张就退休了。有一天，父亲骑车上班，没有老张守着那个小坑，不留神，车轱辘竟然掉进那个小坑里，摔了跟头，门牙都摔掉一颗。这才念起老张的好来。

老张退休了，可是永远没有退休的，是善的信念。

看电影《阿甘正传》，心生感动，阿甘的一生都很随性，但他

一直听从珍妮告诉他的话：跑！

于是，阿甘奔跑，无论碰到什么，他不停地奔跑。当他有一双不健全的腿的时候，他没有想过自己会这么擅长奔跑。他跑到橄榄球场上，他跑到越南战场上，他跑到白宫，他跑到密西西比河，他跑遍全国，最终又跑回了阿拉巴马，他美丽的故乡。"妈妈说过，要往前走，就得先忘掉过去。我想，这就是跑的用意。"阿甘对自己充满信心。

于是，他跑过人生：他的人生，他母亲的人生，他深爱的女人的人生，他身边人的人生。他执着的奔跑带来的种种绚烂繁华，最终却只停留在阿拉巴马的一片绿草地上。

他选择平淡和平凡，他无法选择的只是他出生时有点弱智；

他选择等待和保护，他无法选择的只是他爱的人选择什么样的道路；

他选择执着和坚强，他无法选择的只是命运的不可预知。

他本不应该是个生命的强者，他也一直面对爱情的愚弄，但他奔跑着遗忘过去，宽容地放弃仇恨。他只选择爱。阿甘选择为爱而爱，而不管珍妮如何离去和背叛，如何放纵和乖僻。因为他永远记得昏暗的车厢中那个灿烂的微笑，冷漠的人群中那颗天使般的心灵，日落树枝上那两个相伴的身影。

阿甘是带着爱的信念奔跑的人。

儿时我走过一段回家的夜路，和父亲一起。路太长，我实在走不动了，耍赖坐在路边不走了。父亲鼓励我再咬咬牙坚持一会，让我坚信自己肯定可以走回家。

父亲捉了几只萤火虫给我，对我说："你看，黑夜也不那么可怕，毕竟还有这么可爱的东西呢！"我欢喜极了，第一次看见这么可爱的东西，像童话一样，充满梦幻的味道。

有萤火虫在前面引路，那一夜走得不再那么累了，直到后半夜，顺利走到了家。

有一些路，被慈爱的光照着，那样的路，都是美妙的路。

蔡康永说过：虽然信念有时薄如蝉翼，但只要坚持，它会越来越厚的。

信念就是你的萤火虫。别嫌弃它微弱的光，如果你不断地积攒，那些萤火虫就会成为你的灯笼，只要你坚持，它就是生生不息的。无论多么穷困都不怕，只要心怀着信念。

从那以后，我知道了怎样才能让自己的路上永远充满光亮，那就是，把信念的萤火虫带在身上！

人这一生，不是每个人都会成为名人，你无须发出多么耀眼的光芒。你发出的光，可以照亮你前面的路，就够了。

要知道，你有几克拉的信念，你的心头，就会有几克拉荧光！

为灵魂降一场雪

人间太热闹，灯红酒绿处，太盛的喧嚣。而我，是不喜繁华的。

你说，某一日，你坐车疾驰于高速路上，忽然看到很多人间的歌舞楼台，你认为那应该是自己死以后的事情。你忽然觉得，人间种种，不过都是虚幻的盛景。

一颗心，不自觉地就去了红尘的另一边。

我想，弘一就是某一天看到这些，才毅然决然抛弃红尘的吧。任妻子在寺庙外跪了三天三夜，都不曾回头一望。只是冷冷的一句：虽存若殁。

叔同已死，活着的是弘一。

莫非，你也有皈依的意味？我替你摇了摇头。

世人看到的是弘一的决绝，我看到的，是他为自己的灵魂，降的一场雪。

他降的是一场好雪，可以冲泡世上最美的茶的那种好雪。

如今这人世，好茶尚有，好雪却难寻了。

在这个过程里，弘一自己也成了一场好雪，他抖了抖袈裟，便是给太过喧嚣的尘世，降了一场雪。

只是，我还不可如弘一那般，淡然出世。因为我在红尘这边，还有债，没有还尽。

我并非贪恋这人间美景，实在是，我在人间，有太多的牵挂。人间很美，我舍不得。不舍，不是贪恋，是在偿还。

其实，大可不必如此剑走偏锋，也不必如此决绝，留在俗尘，一样可以，为灵魂降一场好雪吧。

我觉得世上人都睡着，在梦里生活，而我过早醒来。他们都快乐得不知在梦中，所以，难得糊涂，糊涂起来最快乐。有时候，觉得自己像个长不大的孩子，有时候，觉得自己又看透了一切。我有时很热爱，有时又悲凉。

有些梦，不愿醒来，醒来什么都空了。

在承德避暑山庄的寺庙里，我看到一种很特别的"楼梯窗"。导游解释说，寺庙离闹市很近，只有一墙之隔。为了防止小和尚们贪恋俗尘，所有的窗口都封死了。可是这样，阳光就进不来了，风也进不来了。后来住持想到了一个好办法，那就是在窗户里边砌一些小阶梯。这样，可以曲折地带进来阳光和风，人的眼睛却看不出去。可是仔细想来，这其实是一个败笔，它太专注于一种形式。一个人，真正的修炼是内心的修炼，放到最热的火中锻造的，才是最好的剑。

那望不到红尘弥漫的眼，不见得就多么纯净；那听不到市井喧哗的心，也不见得可以降下一场好雪来。

我的邻居老海，每天早上在闹市卖油条，一根油条一元钱，一早上生意若好，可以卖五十根，去掉本钱，可以赚个三四十元。谁能想到，他曾经是个身家千万的大老板，由于决策失误，导致公司倒闭，而且负债累累。没办法，从头开始，如果按这个卖油条的方式来还债，他得还200多年。按理，这该是个要跳楼的人吧，可他不，低迷一阵子之后，照样乐呵起来。山珍海味没了，咱吃豆腐土豆，一样津津有味。他说，那朴素的饭菜里，有活着的味道。

老海人在闹市，却超脱如佛。他抖抖肩，散落的面粉，我看着倒是像极了雪。

你我虽是俗人，也不免奢想着去觅得好雪，来泡一杯好茶，只是这世上，若有干净的雪，唯有去内心寻了。

那就去内心寻好了，何必弃了这红尘。

最本真地活着，就是为自己在降一场没有污染的雪，不必拘泥于红尘外还是红尘里。

记住，每个生命都可以是伟大的，只要你找到了一个最合适的角度，去瞻望它。

路过一颗月光编织的心

　　蓝心是妻子的闺蜜，几个月前，她还是豪华别墅区的阔太太，家里有专业的保姆，有可爱的女儿和一只名贵的波斯猫。可是厄运忽然降临了，丈夫趁妻子和女儿外出游玩之机，卷走家里所有的钱财和另外一个女人私奔了，她喜欢的波斯猫也被抱走了。她们维持不了原来的生活，遣散了保姆，用卖掉别墅所得的钱，在郊区买了一个小院子。除了女儿，她的生活全都变了样，从富丽堂皇变得黯然无光，从有条不紊变得凌乱不堪。

　　对于这突如其来的变故，她措手不及，一度，她有些心灰意冷，毕竟养尊处优惯了，冷不丁地有些不大习惯平常百姓的生活。

　　可是她必须面对这一切，为了女儿。

　　妻子为她愤愤不平，要雇私家侦探把那负心的男人揪出来，对簿公堂。她阻止了，她说男人的心一旦离开，就如同泼出去的水，收不回来了。

　　"任他去吧。以前有他，我习惯了依赖，像个宠物一样被人养

038 | 云彩 从来不迷路

着。现在好了，没有他，我就会让自己换一种活法，做回我自己，一样可以活得很好。"蓝心说着，给了我们一个灿烂的笑脸。

尽管如此，我们还是替她担心。一个弱女子，带着一个10岁的女儿，不易啊。

因暂时找不到适合她的工作，她就去环卫临时找了扫大街的活儿，娇嫩的手磨出了血泡，白皙的脸晒出了斑痕。尽管如此，没听到过她的一句抱怨。尽管是扫大街，她也很注意个人形象，每天穿得干干净净，而且化着淡淡的妆。人们习惯了在早晨看到一个优雅的女人一边哼着歌儿一边扫着街，就像习惯了帅气的交警指挥交通一样，人们把她当成了一道赏心悦目的风景。

别墅里的东西她都折了价卖掉，她想以后的日子也用不上那些高档的东西了，只是那架白色的钢琴，她让人小心翼翼地搬到了她的新住所。在贫寒的新住所里，这架名贵的钢琴显得有些格格不入。

蓝心对自己几乎来了个一百八十度的大转变，可是优雅的天性却一直没变。不论多么劳累，每天傍晚，她依然弹一首钢琴曲。那琴声里，没有丝毫的哀怨，有的都是对生活的热爱。

有一天，我们找她出去一起吃饭，她说，你等等我，我再补补妆。妻子说不用啦，也不去什么高档地方，就是普通的饭馆。她说那也不行，我就这习惯了，改不了。

她就是这样美丽的女人，就算一天的时间再忙碌，也要给自己挤出一点点化妆的时间。

没有改变的，还有她对女儿的付出，她认为别的钱可以省，但是在女儿的教育上，一分也不能省。她一如既往地给女儿请家庭教师，却被女儿在 20 多天的时间里接连气走了 6 位。不为其他，只因女儿深爱着妈妈，她不愿妈妈为她花这笔钱，但最终，蓝心还是为女儿请了第七位家庭教师。其实，在买下那栋房子后，她的钱已所剩无几，但是她依旧坚持，她自己可以改变许多，可是她不想让女儿受到一丝一毫的影响，不想让女儿的心受到一点点惊扰。

她对女儿说，属于你的月光一丁点儿都不会减少。

事实上确实如此，她每天辛苦工作，照顾女儿无微不至，不让女儿为她、为家操一点心。女儿继续做着小公主，只是她的母后变成了保姆。有一次，蓝心偷偷哭泣被女儿看到了，但她面对女儿时马上又笑容满面。女儿怕她憋坏，故意不乖，想让她发泄，但她还是跟以前一样和她耐心地交谈。

闲暇之余，她会蹲在花园里，伺候那些花儿。春天里，满园的花儿争奇斗艳，很是动人。面对邻居的招呼，她绽放着丝毫不逊于满园春色的暖暖的笑。尽管是在劳作，她依然妆容精致，穿着合体，仿佛随时都可以去逛街、约会。

傍晚时分，她和女儿常常会来上一段钢琴合奏，屋子里一片莺歌燕语。

她把心上的月光慢慢注入女儿的心中，让女儿的心跟着优雅起来，像泉水一样清澈，像丝绸一样润泽。

这样的灾难，没有打垮她，同样，女儿也表现出她那样的气质，终日里都是微笑的、平静的，让人感受到母女身上共有的美好品质，她们藏起了苦难，选择了优雅地面对。

一个人的优雅，不仅仅表现在言谈举止上，面对窘境时的不慌乱，面对困境时的不气馁，都是优雅的体现。优雅不仅让一颗心变得美好，而且可以让一颗心变得强大。那份优雅，就像太极推手，四两拨千斤，再强大的苦难都可以被它一点点卸开，一点点分解，继而化为无形。

如果有一天，你路过一颗蓝色的心，请不要惊讶，那是一颗听着音乐的心，一颗想念诗歌的心，一颗月光编织的心。

第二辑

所有的鸟
都无法躲过白天

贴在窗玻璃上的蜗牛 ┼——

这一天，我好像得了抑郁症，坐在屋子里，一动不动，发呆。

生活给我开了一剂方子，我却忘记了病根。

在偌大的北京城，我像一只蜗牛，贴在窗玻璃上，看着急匆匆的人们，奔来跑去。

而在我这里，好像人世变得越来越小，再也不想征服那么多东西，最后只缩小到一个圈子两三个朋友，一个家和一个深爱的人。

一辈子好像就此落幕了一样。

但我并不悲伤，反而悬挂着幸福的微笑。转身拥抱自己，与自己和解。

如果我是一座木讷的挂钟，善良将是我永远的钟摆，而淡然和快乐，将是永远的时针和分针。

放一段音乐给自己。笨拙地转向有光的一边，看不到一生，至少半生也行。

说实话，这段音乐很普通，可是不知道为什么，它击中了我。

我在战栗，是的，很久没有这样的战栗了。

音乐，嘈杂无章，震动耳膜。

"我来自哪里？"很奇怪，听到这个音乐忽然让我想起这个问题，而且，它让我不自觉地拿起了笔，想写下点什么。

那么，就顺着自己的笔尖奔跑吧，愿意跑到哪里就跑到哪里，大草原、戈壁滩、喜马拉雅或者乞力马扎罗。

那么多无法抵达之境，都在这音乐里抵达了，这是我的灵魂在挣脱羁绊吗？如果可以，我愿意这样，一直驰骋。

此刻，白天，夜晚，不是我考虑的。时间忽而上升，忽而下沉，我看不见的旋转，落在白纸上，成为我灵魂的标点。

这个时候的北京不但没有雾霾，并且出奇地干净，天空总是很蓝，像被熨平的《梦幻曲》。

而人间并不平坦，世事诡异无常，比如现在，毫无征兆地，忽然就下了雨。

用什么心态对待下雨呢？这是一个很平常的问题，但反映一个人的生活态度。法国哲学家阿兰说，天上下雨时你正在街上走，你把伞打开就足够了，犯不着说："真见鬼，又下雨了！"你这样说，对于雨滴，对于云和风都不起作用。你倒不如说："多好的一场雨啊！"这句话对雨滴同样不起作用，但是对你自己有好处。你于是抖一下身子，从而使全身发热。阿兰在这里，其实说的是人生的两种截然不同的态度。究竟是当看破红尘、愤世嫉俗的抱怨者，还是做一个淡定而积极的乐观派，这直接影响和决定你一生的幸福。

快乐离你其实并不遥远，只是看你是否踮起脚尖去够它。忧天的杞人也有他的幸福，那就是早晨醒来，天没事，而且一天比一天明亮。

鲁迅文学院的同学周华诚和我说过，他的一个摄影家朋友喜欢给女儿拍照片，从女儿出生那一天开始，一天一张，从不间断。他在拍摄的时候，从不讲究任何摄影技法，背景也是一成不变的一面墙。这自然是受到朋友们的嘲弄。20 年后，他把这些照片制作成幻灯片，在一面洁白的墙上播放给朋友们看，朋友们都被震撼到了，从这些简单的照片里，看到了关于成长的秘密。

这笨拙而执拗的爱，像不像一只蜗牛？

我是一个路痴，但这并不妨碍我拥有一颗时刻准备远行的心。

我不能选择等到什么，我只能接受遇到什么。就像，遇到下一棵树，遇到下一阵风，遇到下一个人，遇到下一盏坏掉的路灯。

有位渔夫盖着一张破渔网睡在船舱里。夜里下雪，雪花透过渔网落在身上。渔夫早上醒来，抖了抖身上的雪，自言自语：真冷啊，那些没有渔网的人昨晚可怎么过啊！

看吧，你的悲悯永远都在，不论你贫穷还是富有。

所以，我尽量挑选温暖的词语和人说话，我努力不让微笑的挂钟停摆，我用善念把人间的不平熨开，整洁的世界为我铺开，我必然要挺直腰身，蜷缩，是对那份整洁的玷污。

我劝诫自己，别再说与这个世界格格不入的话，你花出去的和你拿到手里的钞票，那里面有多少指纹和你有过交集？你共享过的单车，有多少人也正骑着过了马路？你在电影院坐过的椅子，有多少人也曾坐过，或者就在此刻，有人正在那里打着瞌睡？

笨拙的蜗牛，虽然缓慢，但从未停止灵魂的蠕动。

顾城说："草在结它的种子，风在摇它的叶子，我们站着，不说话，就十分美好。"

是啊，只要你望着我，哪怕我在尘世里一直站着，也十分美好。

此刻的我，一动不动，发呆，也十分美好。

难以逃脱母亲的法眼

母亲节的时候，买了一大捧康乃馨回家看母亲。父亲说："你妈又看不见，买这么多花干吗？多浪费！"我说："我妈喜欢了一辈子花儿，她闻得到，就值得。"

母亲在院子里"练功"，一招一式，认真严谨，风中凌乱的白发，像秋风里的枯草，肆意招摇。那是父亲从电视里学会的一套保健操，据说可以降糖降压，转而就教给了母亲。母亲很听话地每天都练，风雨不误，不敢有半点马虎，仿佛肩负着某种神秘的使命。

我把花儿凑到母亲的鼻子下，母亲说香，真香。

母亲眼睛看不见已经快 8 年了，想起来满心愧疚。母亲一辈子没出过远门，就连在辽宁的亲姐姐，她也是好几十年没见过面。有一次她终于下了狠心攒了些钱，想和父亲去辽宁看看，结果赶上我生病住院，母亲的路费又变成了我的住院费。等我们物质条件好一些了，母亲偏偏又失明了。

每当我游历着祖国的大好河山，总忍不住在心底生出一丝悲凉，若母亲还看得见，带她来，该有多好。

和母亲说起这些遗憾，她也只是笑笑说："要是我眼睛还看得见，就能帮你们带着孩子，你们爱上哪儿玩就上哪儿玩去。"

这就是母亲的遗憾，如此境地，想着的还是如何照顾我们。

是啊，这一生，吃穿住行，无时无刻不是被母亲照顾着。尤其是吃，厨房是母亲一个人的舞台。她做的饼是一绝，吃起来妙不可言，回味无穷，以至于有一次我忍不住和母亲说，真想吃您做的葱花饼啊！

午睡的梦里都是葱花饼的味道，醒来的时候还咂巴咂巴嘴，意犹未尽。

起床后看到饭桌上竟然真的有一盘热气腾腾的葱花饼，这不是梦，真的是它的香味飘进了我的睡眠里。那是失明的母亲为我做的，我仿佛看到了她瘦弱的身子在黑暗中摸索着，抖开面袋子，舀面、加水、和面，又是怎样指挥着父亲生火、抹油、撒葱花，就为了自己儿子一个贪吃的念想，她在黑暗里折腾了两个多小时，靠想象还原着自己的手艺。

母亲在黑暗的世界里，一心向阳；母亲在寒凉的尘世中，一心向暖。

我十几岁的时候不学无术，在网吧被抓了现行。也不知道是谁通风报信，她总是会准确无误地逮个正着，我这只可怜的小耗子，总是逃不出她这只老猫的魔爪。

偶尔想撒个谎出去撒个野，母亲眼光锐利，似乎总能读懂你的那点小心思，只要你和她的眼睛对视，就什么都别想瞒过她。

我受到的一点儿伤害和委屈，在她眼里，就像衣服上掉落了扣子，或者破了一个洞，她总是无声地为我缝补，再悄然用她的爱，熨平。

母亲的眼睛，从多年前的视线模糊到隐约可辨，终日挣扎在暗淡的光线里，直到有一天，终于连一丝一毫的事物都无法再看见。

那一刻，母亲的眼睛，死了。即便如此，我依然无法在她那里讨得半点"便宜"。很轻微的一声叹息，刻意隐忍的一个喷嚏，都会引起她的不安，她就会不停地叮嘱我吃药、喝姜汤，她把衰竭的视力转化为敏锐的听觉，依然对我"严加防范"。母爱的法眼恢恢，容不得我有半点差池。

高仓健在一篇文章里回忆母亲时，说妈妈一部不落地看了他所有的电影，却从未赞不绝口，只会说一些类似于"你在雪地里翻滚，真是让我心疼"之类的话。妈妈看到他手拿大刀背上刺青的武侠片海报时，会说："这孩子，脚上又生冻疮了。"

高仓健深情地说，这个世界上只有母亲一个人，注意到了他脚后跟上贴的那块小小的肉色创可贴。

这就是母亲犀利的眼睛，细致入微的爱。

"老妈啊，你这是想练成武林高手啊！"我和母亲说。

母亲笑了，却并不受到影响，仍旧一丝不苟地做着每一个动作。她的认真劲儿看着很好笑，而我却眼含泪水。母亲这么拼命地"练功"，的确是肩负着一种使命，那就是让自己健健康康，不给她

的孩子再添半点儿乱。

母亲的眼睛死了，可是母亲的爱，永远活着。她小心翼翼地呵护着她的孩子，哪怕我已人到中年，哪怕她已白发苍苍，我依然还是她不放心的孩子。我是她寄存在人间的，用她全部光阴兑换来的，舍不得花的一张支票。

彩色的星星在爬

　　小米粒出生，被医生抱出来的那一刻，我们既兴奋又紧张。医生把孩子交到二妹手中，我看得出二妹的紧张。要下台阶，二妹穿着高跟鞋，她干脆脱掉，光着脚从二楼走到一楼。

　　我在心里对孩子说，等你长大挣钱了，第一件事就是要给你二姨买一双鞋。

　　正在吃奶的小米粒，不管给她布置了多好的婴儿床，不管晚上临睡前给铺得多工整，被子盖得多严实，早上起来，那里还是会空空如也。小米粒在妈妈的身边呼呼大睡呢！这是母亲的天性，半夜喂了奶之后，就不舍得把孩子放回婴儿床里了，而是留在怀里，她觉得那样孩子睡得才踏实。

　　一日夜里醒来，看到小米粒竟然是醒着的，不哭不闹，安安静静地躺在那里，看着从窗帘缝儿里透过来的一朵月光，并用她的小手，不停地捉着它。

小米粒刚满 3 个月大，对什么都充满好奇。虽然她不知道那是什么，但她小小的心灵里，一定知道，那是很美好的事物。

我小心翼翼地不发出声响，就那么看着她，和月光玩耍。

我抱小米粒的时候，总是习惯"晃"她。妻子警告我说，不许"晃"，如果习惯了，以后就"尖尖腔"了，不"晃"就闹人。我只好默认妻子的逻辑，尽量不"晃"孩子。

有一天，我睡梦中醒来，看见妻子正在地上抱着孩子，不停地摇晃着。

孩子一哭，什么狗屁逻辑都不重要了。

我看着小米粒的成长，像一颗小豌豆一样，一寸一寸地长。她趴在窗玻璃上，向外张望，眼前的世界多么令她称奇啊。我在孩子欢天喜地的脸上，看到了人生最美好的时光，无忧无虑的时光。可是有那么一秒，我忽然看见她呆呆地愣在那里，好像看到或听到了什么。是一条狗的奔跑，还是一只鸟的鸣啁？是一朵云的飘逸，还是一朵花的绽放？那一刻，她的小脑袋瓜里到底在想些什么呢？

小米粒玩妈妈衣服上的扣子玩得很起劲，说：

"妈妈，你的扣子真好玩，可以扭过来扭过去，是不是因为这样就叫'扭扣'了？"

"妈妈，罗汉果是不是萝卜做的、爱出汗的水果？"

……

我们问她："你长大后想做什么呀？"

坐椅子！

哈哈哈……

小米粒困惑地看着我们，迟疑片刻，说："坐凳子。"

小米粒对冰激凌痴迷得很，一个刚从冰柜里拿出来的冰激凌，她放到唇边，感觉到一股小冷风吹过。那么，小米粒的诗句来了：冰激凌是由雪和风组成的。

一只小瓢虫在墙上爬行，我拿出苍蝇拍对准了它，小米粒大声惊呼着："爸爸快看，彩色的星星在爬呢！"

小小米粒走不动了，赖着让我抱，她说："我把力气都浪费在玩儿上了。"

小米粒与她姥姥在卧室唱着儿歌，窗外，枝丫间透过的暖阳，很亮，很暖。那是多么完整的生命，既有永恒的延续，亦有苍老与凋谢。

我的生日，我本来没有买蛋糕的打算，小米粒看出端倪，不停地唠叨："唉！过生日咋能没有蛋糕呢？"

我下班回来，买回来一个很大的蛋糕。小米粒高兴坏了，拖鞋都没穿就向我奔跑过来，但并没有急着让我们打开，而是闭上眼睛许愿。

她忍不住对我说："爸爸，我许的愿望是你永远那么帅！"

妻子说："明知道孩子就吃那么几口，为啥还买那么大那么贵的一个蛋糕啊？"

我说："孩子对着那蛋糕许下了那么美好的心愿，还有那一路急切的奔跑，哪怕最后只吃了一口，也是值得的啊。"

其实，小米粒好多天之前就开始盘算送我什么生日礼物，她静心地画一幅画，每天早晨偷偷给妈妈看，说是准备要在我生日那天送给我。妈妈和我说了，她听到了，很不高兴的样子，她怪怨妈妈："说好了保密的啊！"

妈妈说："反正都是礼物，那有什么关系呢？"

小米粒说："那不一样，礼物是有了，可是没有惊喜了啊！"

小米粒，你健康地如花一般成长，就是给爸爸的最好的礼物啊！

孩子总是噌噌地就长大了，常常是以迅雷不及掩耳之势，猛然间，我们就老了下去。

孩子喜欢和大人比个子，从膝盖到屁股，到肩膀，到眉梢，直到高过你，便扬长而去。人啊，总是不知不觉间老去的，自己一再地向后退去，可是，孩子向你奔来的步伐，一下紧似一下。你还是乐于接受那奔跑过来的光。

我唯有祈愿，小米粒可以成长得慢一点，再慢一点。

宠溺一颗清雅的心

　　和朋友聊天，他说很羡慕我，总能活在诗情画意里。"难道你没有吗？"我问他。"我在倔强地留着它们。"他说。

　　一个"倔强"，说得极好，无奈的纸团捏出一朵花来。

　　或许我们的时间被排得满满的，或许你像个陀螺一样，但总会有办法给自己留下那么一个诗情画意的"缝隙"。比如买束花，比如弹弹琴、写写字，比如买各种壁纸，给每个屋子换上不同的颜色，哪怕仅仅是为了换换心情。从这些小事入手，看似没有改变什么，其实是在宠溺着我们那颗清雅的心。

　　一颗清雅的心，对于一个人来说，就如同心底最自然的喜欢。那是夏虫对夏夜的喜欢，是一个人对一首恰好迎合了他心境的歌儿的喜欢。高尔基说，一个人年轻的时候，对他来说，"庸俗"不过是一种有趣的或者无关紧要的东西，可是它逐渐把人包围住，它那灰色的雾像毒药一样地浸入了他的脑子和血液，这样一来他就变得像一块起了锈的旧招牌：那上面一定写明白是什么行业店铺，然而究竟是什么呢，却已经认不出来了。

一颗清雅的心，其实就是一颗把欲望剥离得很远的心，不是你多么清高，对什么都充满鄙夷，而是对一切都心怀热忱。

孙犁写了《铁木前传》后挨批，精神衰弱很厉害，痛苦异常，到了崩溃的边缘。他在散文《黄鹂》中写道："前几年，终于病了。为了疗养，来到了多年向往的青岛。春天，我移居到离海边很近，只隔着一片杨树林洼地的一幢小楼房里。有很长的一段时间，我一个人住在这里，清晨黄昏，我常常到那杨树林里散步。有一天，我发现有两只黄鹂飞来了。"于是，"观赏黄鹂，竟成了我的一种日课。"在另一篇《石子》中他写道："在青岛住了一年有余，因为不喜欢下棋打扑克，不会弹琴跳舞，不能读书作文，唯一的消遣和爱好就是捡石子。"据和孙犁有交往的林斤澜说，观赏黄鹂治不好他，捡石子治不好他，最后治好他的是拆装手表！把手表慢慢拆掉，又把手表慢慢装好。一遍又一遍，一日又一日，周而复始。

生活若失去了乐趣，便如同一潭死水，激不起半点涟漪。

孙犁在死寂的生活中不断地寻找着乐趣，宠溺着那颗清雅的心，才有了坚强活下去的意志。日本作家檀一雄是靠不停地做菜来摆脱疯狂。他的同为无赖派作家的两位朋友，太宰治投水了，坂口安吾服毒了，而他靠做菜来静心，用给大家带来欢乐的方式来遏制自己疯狂的念头得以寿终。正是这种对待生活的乐趣，让他的心灵，一边向上，一边沉潜，得以一点一点地靠近天籁之境。

倔强地和世俗叫板，不肯落入那俗气的泥潭，这就是我们，葆有一颗清雅之心的秘诀。

句 号

"老师，什么时候用句号?"

"一段话说完的时候。"

"可我还想说，想一吐为快，怎么办?"

"那就另起一段。重新开始。"

我喜欢句号，快刀斩乱麻的句号，英明果敢的句号。

句号，可以把大段冗长的故事分割，像一级级台阶，慢慢通往故事的高潮。我喜欢句号，从一个点回到一个点，一个圆满的圈。

句号，是最完美的人生。当然，不是那种以急刹车的形式出现的句号，而是缓缓出了一口气，尘埃落定时的句号。

不喜欢省略号，不负责任的省略号，省略了很多美好，省略了很多人的年少时光。

不喜欢逗号，啰啰唆唆的逗号，不得要领的逗号，往往把人领入歧途。

不喜欢叹号，煽情的叹号，只想着赚人的眼泪。当然，眼泪是某些人的救命稻草，是收视率，是票房收入，直接和物质挂钩。

不喜欢问号，故弄玄虚的问号，披着真理的外衣，却从不给人一个完整的解释。

有时候我在想，谁能在临终的时候说：我走了，拜拜。一个毅然决绝的句号，再不回头，与生命一刀两断，快意恩仇。

更多的人，走的时候，总是要用省略号的，像挥之不去的怅惘和伤感的泪滴，因为那么多的梦想还没有实现。或者，是因为你点了两盏油灯。（快掐灭一个吧，让他走得安心！）

这样的人，活着不轻松，死了也扛着扁担。

大师们都喜欢用句号，尤其是生命的晚钟敲响的时候。

叔本华用了轻巧的句号："死亡只是回到出生以前罢了。"

奥雷勒用了俏皮的句号："死也许仅仅是挪个地方。"

圣徒奥古斯丁用了自信的句号："死亡只是隐身，而不是缺席。"

罗伯斯庇尔用了掷地有声的句号："死亡是不朽的开始！"

龚古尔用了一针见血的句号："死亡对于某些人来说不止是死亡，而且是所有身份的结束。"

乔治·桑用了很别致的句号："被遗忘才是真正的死亡。"

诗人，什么时候用句号？

将鞋子束之高阁的时候，将翅膀卸下的时候，将爱情锁进抽屉的时候，将月光存入瓶罐的时候……

母亲，什么时候用句号？

回家的时候。

灵魂，什么时候用句号？

满目繁华，但你却紧闭双眼的时候；尘嚣嘈杂，但你却耳根清净的时候；时尚流行，你不再趋之若鹜的时候；不是枪响，而是放掉一只鸟的时候。

孩子，什么时候用句号？

睡觉的时候。今天的事情今天做完的时候。

"老师，什么时候用句号？"

"一段话说完的时候。"

"可我还想说，想一吐为快，怎么办？"

"那就另起一段。重新开始。"

那是我生命中接触到的最早的哲理：句号不是结束，是为了另起一段，是为了重新开始。

你要亲切地走在人间

　　他是个孤儿，没有人知道他姓什么叫什么。打小，他就脚下带风。村人们都叫他"一股风"，没等和他说完话，他就一溜烟儿没了踪影。

　　神行太保的本事，派上了用场，他帮村里的养羊大户放羊，有吃有住就行，穿别人不要的衣服，用他的话说，什么好看不好看的，不露肉就行呗。

　　他放了一辈子羊，没弄丢过一只。没听过他抱怨一句，反倒总能在他放羊的地方，听到他雄浑的歌声。

　　羊吃草，他吃野菜，他低头挖野菜的样子，也很像一只羊。一只领头羊。

　　他有力气，谁家有个大事小事的，他准保在场，专挑出力的活干。最开始有人以为他贪人家的酒菜，时间长了都知道，那是他性格使然。

　　如今，他再也没有力气支配自己，步子越来越慢，像一条僵硬的蚯蚓，从这垅地挪到那垅地去。

终于，他一屁股坐在阳光里。虽然摔得疼，总算还有阳光安抚着。

他没力气跑了，却有力气唱。有事儿没事儿的，他倚在墙根儿处，来上那么几段"京梆子"，一听还真像那么回事，字正腔圆，内功深厚，好像个练家子！

有人不解——"你连个老婆都没讨到，更没个一男半女，咋还活得这么欢实呢！"

他看得开——"命里该有啥就有啥，老天爷既然让俺孤零零地活，就肯定有孤零零地活的理儿，啥都甭管，咋都是个活！"

一个七八岁的孩子，听得入了迷，成了他的"小粉丝"，每日里总会到他身边来，听他吼上那么几段。家里的大人竟也放心。

那日兴起，他唱了一段《狸猫换太子》——

山雨欲来风满楼，

病困幽院不胜愁。

遭贬谪临深覆薄天不佑，

难避杀身大祸降临头

七年来伤心事不堪回首，

哭寇珠痛秦凤骨埋荒丘。

真皇娘凄惨惨天涯奔走，

恶奸妃反怡然高踞龙楼。

贤良臣怒不敢言心伤透，

圣天子沉迷丹鼎不识忧。

似这样江山社稷怎长久？怎长久？

我虽然身贱位卑不忍看这大宋基业付诸东流，

危境中修密折将它藏在假山石后，

一桩桩隐秘事笔底尽收。

纵然是此身难逃奸贼手，

也要叫真相大白是非明，

洗雪沉冤夙愿酬，

浩浩正气天地长留

……

这孩子也不知道"一股风"唱的是啥，反正他唱完了就使劲儿拍巴掌，把小手拍得通红。一边拍巴掌，还一边说："爷爷真棒。"

"一股风"更是乐得合不拢嘴。为了这么一个热心小观众，他就是把嗓子吼出了血都心甘。

他半个亲人都没有，时间久了，他就一厢情愿地打心眼里认了这孩子当小孙子。

那日，车流湍急，眼看着一辆车奔着孩子去了，他闪电般冲过去！可是他终究还是老了，他没跑过那辆车，孩子得救了，他的左腿却被车轮碾过。

他的左腿被截肢了，那孩子的一家人守在他病床前。

"老哥，你是我们家的大恩人，放心吧，以后俺们会养着你！"孩子的爸爸动情地握住他的手。

"我都这样了，只怕会拖累你们啊。"他忽然很痛苦地说道。这一辈子，他从来没有给人添过这么大的麻烦。

"这要是以前啊，那车压根儿就跑不过我。"都这样了，他还不忘炫耀他的神行功夫。

后来他失踪了。哪怕没了一只腿，还是一股风一样消失了。他是怎么偷偷离开医院的，至今仍是一个难解的谜团。

林清玄有一篇散文《报岁兰》，文中有这样一段——

父亲生前最喜欢的兰花有三种：一是报岁兰，一是素心兰，一是羊角兰。他种了不少名贵的兰花，为何独爱这三种兰花呢？记得有一次他对我说："有很多兰花很鲜艳很美，可是看久了就俗气；有一些兰花是因为少而名贵，其实没什么特色；像报岁、素心、羊角虽然颜色单纯，算是普通的兰花，可是它朴素，带一点喜气，是兰花里面最亲切的。"父亲的意思仿佛是说：朴素、喜乐、亲切是人生里最可贵的特质。这些特质也是他在人生里经常表现出来的特色。

这篇文章让我懂得，对人对己，都要亲切几分，你将你的热情投入生活，生活也必将对你报以更大的热情。

前几日，我的一个朋友和我说，他好像看见"一股风"了。

我问道:"你确定是他吗?"

"当然! 一定是他。"朋友坚定地说,"离老远就能听见他吼,只有他才唱得出那么有味道的'京梆子'!"

我按照朋友说的镇上的那个地方找去,果然找到了"一股风"。他并没有像别的残疾人那样去乞讨,而是支了一个擦鞋摊。

我忍不住问他:"那孩子与你非亲非故的,你怎么就那么毫不犹豫地冲上去了?"

"啥亲人不亲人的。"他说,"难道还非得一个姓的,有骨血的才算亲人啊,俺们的心离得那么近,就是亲人呗。是亲人,就得往上冲。"

这是我听到的关于亲人的最亲切的诠释——心离得近,就是亲人。

他一个亲人都没有,可是他又把尘世的每一个人都当成亲人。我相信,不管以后这日子再怎么辛苦,他都会一直亲切地走在人间。

就像一棵报岁兰那样。

陪伴疼痛

岳母最近心脏不好，每天总有几个时间段会疼得掉眼泪。可是她忍着不告诉我们，最后还是岳父忍不住说了实情。事不宜迟，我们联系省城的医院，安排岳母去住院治疗，为此，姐几个忙得团团转。

姐几个不差钱，差的是时间。白天都要工作，晚上的应酬也是一大堆，这一下都打乱了生活的节奏。家在农村的三妹说，我去陪护，你们该上班的上班，尽量别耽误工作。

我们知道三妹家里除了孩子要照顾，还有一大帮鸡鸭鹅，恰巧还赶上农忙时节，所以都不让她来。她执拗地说："我不能替妈疼，但我可以陪着她疼。"

我们都为她的这句话动容。

三妹细心妥帖，一个人可以顶好几个，岳母喜欢被她照顾。有她在，我们也都很放心。

夜里，三妹困极了，就偎在母亲身边睡着了，那一晚睡得真香，母亲也难得地安静。

她醒来的时候，看见母亲正慈爱地看着她。她看到母亲嘴唇上的血渍！原来，母亲疼了一晚，可是却怕惊醒她，就拼命地咬着嘴唇，忍受着刺骨般的疼痛。

三妹的眼泪哗啦啦地流出来，她埋怨自己睡得那么死，母亲说："你太累了，歇歇吧。你这么抱着我，我还真就不那么疼了。"

岳父每天和岳母通电话，询问病情，每次都嚷嚷着要去医院。医院人满为患，我们不让他来，他说："没啥，就是想陪陪你妈。"

我们都理解了，平时争吵不断的老两口，到了生命的紧要关头，最需要的仍然是彼此的陪伴。

岳父来了，连个坐的地方都没有，他就那么一直站着，一言不发，看着岳母打针吃药，拉屎撒尿。

这种陪伴，无法替代。

妻子为此上火牙疼，疼得无所适从。我手足无措，对她说，真希望可以分一半疼痛给我。不知道是不是老天爷耳朵太灵了，当天夜里，我的痛风犯了，脚丫子钻心地疼。而妻子的牙疼似乎真的轻了些，幸福的鼾声缓缓飘来。我却辗转反侧，不能入眠。小米粒不知道怎么就醒了，大概是父女连心的缘故吧，她替我擦拭满头的汗水，然后抱紧我，轻声地问："爸爸，我抱着你，你好点儿了吗？"

说真的，脚还真的不那么疼了，我想，一定是小米粒替我分担了一部分疼痛。

而那一刻，我最大的想法是，不能让自己的身体出任何问题，不能给孩子增加负担，我真的不忍心，让她陪着我疼。

歌手李健的父亲患了癌症，肠癌。到了最后，要上厕所的时候，几乎都无法步行，实在不行了，李健就背着爸爸去上厕所。爸爸在临终的时候，对李健说了一句话："原谅爸爸！"

这句话成了至今最让李健难过的话。他知道，父亲是怕麻烦到他，因为那时治病什么的都是李健在花钱，父亲觉得是给儿子增加了好多负担，现在连上厕所都还要儿子背。

"我觉得他对我太客气了。父子之间怎么能用原谅呢？这完全是我应该做的事。"李健说，"看到爸爸那么疼，我却无能为力，只能尽力陪着他疼。"

陪着他疼，陪着他咬紧命运的牙关，在生命最后的时光里，梳理记忆的绒毛，把爱打包，把牵挂装进行囊，把生命中的大去当成一场不再回头的远行。

永远记得，遭遇血光之灾的那个深秋，我在重症监护室昏迷了三天三夜，事后才知道，除了家人，几个从小一起长大的哥们儿也一直在门口守着，看到我终于从死亡线上爬回来，才红着眼睛离开，并且把身上的钱都给了我的家人。半道饿了，东凑西凑才凑够了一碗面的钱，哥几个狼吞虎咽分而食之。

这个世界上，有更多的人愿意和你分享快乐，只有很少的人，心甘情愿陪着你疼。正是因为有他们陪伴你的疼痛，你的疼才减轻了一半。

所有的鸟都无法躲过白天

人的一生，很多东西是无法躲避的。比如炎热和寒冷，比如白昼和黑夜；比如蚊蝇乱舞，比如一地鸡毛；比如有阳光就无法躲避阴影，比如有君子就无法躲避小人；比如一朵花盛开之后，就躲避不了枝枯叶萎；比如一盏茶沏开之后，就躲避不了人走茶凉。

既然躲不过，何必刻意去躲？

每个人背后除了被太阳拉得长长晒化了的影子，还有一团灰白的阴影，里面是野心、欲望、爱情、虚荣、痛苦杂糅成的故事。

你躲不过那些故事。

一朵兼修了美艳与芳香的月季花，若有了思想，又怎肯面对一角无人探寻的荒凉，将芳香尽失于无人来嗅的冷清？

你是它的知己。你一手捧着它，一手握着命运，寻找你自己的香。你若想闻到月季的香，就躲不过命运的袭扰。

只要能在有生之年遇到你，我愿意花光生命里所有的运气。除非你，对我避而不见。

而此刻，我安静得就像一粒伤心透顶的灰尘。我无法躲避，一阵风的推波助澜。

天上的星星看起来都挤在一起，其实每一颗都离着十万八千里。有些人靠得很近，心却隔着一片海。

距离，是一种无法躲避的陌生。

杰洛米·贝斯拜在自己的小说《这个男人来自地球》中塑造了一个被时光遗忘的男人，这个男人便也因此得以永生，他用了一万四千年的时间，百年为期，四处迁徙，所经之处，皆成故乡。

被时光遗忘的男人，他躲不过的，也是时光。

顾城说，没有一只鸟能躲过白天，正像，没有一个人能避免自己，避免黑暗。

我踮起双脚，天空却离我更远。

我的灵魂赖在春天的床上不肯梳洗。我无法躲避，春天对于一颗鸟一样的心灵的诱惑，它跃跃欲试，它振翅欲飞。

牡丹的高贵，晚菊的沧桑，清莲的冷傲，都躲不过凋零。

那么，何不趁着盛开的时节，蹲下来，与它们把盏言欢，耳鬓厮磨？

亲爱的，我们都躲不过对方，是时间把我们拼凑到一起。我们是彼此的背面，彼此的根。

一只鸟落到哪里都是树，两只鸟落到哪里都是家。

我落到哪里，就在哪里为你生根发芽。

《傅雷家书》中说："人一辈子都在高潮——低潮中浮沉，唯有庸碌的人，生活才如死水一般。""只要高潮不过分使你紧张，低潮不过分使你颓废就好了。"

诗人陈先发说："被制成棺木的桦树，高于被制成提琴的桦树。"

这是思辨之语，生死总比艺术要深沉得多。

即便你挺拔如桦树，也躲不过倒下的那一刻。

一个害怕单身的人，到处和伤口相亲。

而我仍旧无法躲避孤独。

在鲁迅文学院的时候，我喜欢自己一个人，拿着篮球，在球场上孤独地投篮。

那一刻，我觉得空阔的是自己的心。很惬意，仿佛又回到追风的少年。

我并非对篮球多么情有独钟，我爱着的是这份执着。记得很多年前读过一篇小说，写的就是一个人痴迷于一个人练球，他的技术非常好，可是篮球是团体运动，需要几个人配合才行。一个人的技艺再好，也终究无法获得胜利。

他在那份孤独里练就了一番技艺，却终究无法脱胎换骨。孤独是命运的馈赠，有些人却用之不当，暴殄天物。

生活给了你一地鸡毛，那就把它们捋顺好了，扎成一把鸡毛掸子，回身去抽打生活的屁股。

你躲不掉的，就拿过来，烹成美食，酿成芳醴，调成琴弦，研成墨汁。

在无常的命运面前，需要自渡，需要自救，自己做自己的将军，指挥千军万马；自己做自己的佛陀，宠溺内心的莲花。

听一朵花在说些什么

如果遇见一朵心仪的花，不妨坐下来，听听它在说些什么。

听它说，风的熨帖；听它说，光的惬意；听它说，岁月；听它说，天涯。

只要你愿意，你可以走进任何事物，你思维的触角神奇无比。当你走进那虚幻而又真实的城堡，你是否闻得到那属于自由的，灵魂的香气？

听它说，缓慢地生活。不是每个人都可以成为参天大树，更多的时候，你是一棵小草，一朵小野花，可这又何妨，这并不妨碍你去倾听天籁。

周末回了趟老家，叫勃利的小县城。当地人说，近几年经济萧条，消费形势自然也不好。中心商场，一楼最显眼的柜台空着一半。假日里街上只有零散行人，蜿蜒前行。街道尽头，几年前常吃的热面馆还开着。大中午只有店主一人，有一搭没一搭地抱怨着，人少了生意不好做，说不定哪一天就不做了，去南方走走。

店主有个 5 岁的小女儿，下过雨后，总爱在店前窄小林带里挖蚯蚓，攒很多带回面馆。大人没发现，就埋到花盆里。被发现就挨顿骂，再等下一场大雨。可她家里的花总是开不长。因为虽然蚯蚓可以松土，但是盆内的土壤面积小，蚯蚓繁殖速度很快，虽不嚼食花木根系，但是许多蚯蚓缠绕在一起在盆土中造成很大的孔洞，使根系与盆土脱离，无法正常吸收水分，所以小女孩的做法看似宠爱，实为毒害。小女孩显然不明白其中的道理，她只认准这蚯蚓会松土，会让她的花开得更好。

店主告诉我，小女孩先天性聋哑，只能活在自己的内心世界里。

可是我看得出来，小女孩有她自己的快乐。她经常捧着她的花，放到耳边，好像在倾听什么，这样的举动常常让父母摇头叹息。但我知道，她的内心是一座巨大的宝藏，那里蕴藏着无穷尽的景致，闭上眼，她便可以周游世界，历览人间。

她拘谨的内心，是盈着香气的。快乐的心，是一颗颗小石子，揣着它投入生活，再冷寂的湖面也会泛起微澜。

我感动于这小女孩的执着，她向我传递道义，我愿我的善良，与她整齐划一。

小女孩的世界是多么干净而幸福，和她比起来，大人们的烦恼无以复加。增高鞋垫无法拯救的身高，饿得头晕眼花也甩不掉的脂肪，庸常的面貌，平凡的出身，平庸的才华，随时爆炸的性格，银行卡里的可怜数字，挥之不去的猜疑，周围人的春风得意……这世界仿佛一场灾难。

看着小女孩蹦蹦跳跳地在面馆门口进进出出，对着我绽放比阳光还灿烂的笑脸时，我知道，这人间可以冷清，但不能荒凉，哪怕只剩一朵花，也可以迎风飞舞。哪怕只剩一个人，也可以蹲下来，闻一闻那朵花的香。

雨果对待死亡的态度，对人的幸福具有重要的指导意义。年迈的雨果看到周围的朋友相继去世了，他喃喃地说："现在该轮到我了，我也要去了。"他写道："我的生命之线太长了，它颤动着，就要挨利刃。铁石一样心肠的收割人，拿着宽大的镰刀，沉吟着，一步一步，走向剩下的麦田。"可以想见，当雨果真的面对死亡的时候，他的内心和脸上也会充满幸福。既然死亡是再自然不过的必然过程，我们又何必为此而忧伤和恐惧呢？要做一个幸福的人，不仅要好好地活，还要痛痛快快地死。

我从雨果的话里得到启示，假如有一天，我即将离去，亲爱的人们无须到场，给我一束花即可。

我在想，简单地用一朵花为我送行，我的死亡，是不是也有了芳香的味道？

此生和来世，我都愿意，见到花，便抽动鼻子，见到蘑菇，便蹲下身躯。

妻子是调剂生活的大师，她告诉我，即便生活是一团乱线，没完没了地缠绕、吵闹，我们也一样可以优雅地周旋，游刃有余地，让那灵魂触及月光。

法国作家弗朗索瓦兹·萨冈说："在某一栋黄色的房子里，所有的楼梯和阳台都突出在屋外，某种东西使你想坐在阳光下，想去偷果子，想用接连几个小时去谈论一件极小的事情。"

我的脑海中便满满都是小女孩托腮凝望花朵的样子，有欢欣，有鼓舞，也有忐忑和失望。

花落了，不是它的生命要凋残，而是你起身离去，再不回过头来。

再回老家的时候，我决定要送一盆极好的花给那个面馆的小女孩，并且用手语告诉她蚯蚓不适合放在花盆里的道理。还要告诉她，只要用心听，就可以听到很多花的秘密。听到花儿的欢喜和悲伤，听到花儿的明媚和忧郁，听到花儿起床时伸着懒腰打着哈欠，甚至，听到花儿睡着的时候，四散开来的鼾声。

争气永远比生气漂亮

我有一个性格外向开朗的朋友，承包了一个小煤矿，干得还算顺利。他的性格有些张扬，几个有资历的矿主打心眼里瞧不起他。有一次在酒桌上，一个很牛的矿主就和他说，你现在到底有啥啊，凭什么这么张狂呢？他说："我可能现在什么都不如你，但是有一样是你不如我的，那就是年龄。你比我大 10 岁，这 10 年之间发生什么，谁都不可预料。年轻，就是我的资本。"

一席话，让那些财大气粗的矿主们哑口无言。

他这些年经历的挫折，外人很少知道。他总是将那坚强乐观的一面示人，殊不知，很多时候，他就像一只被捉住的鹰孤傲倔强不肯认输，只是在夜深人静的时候独自用嫩黄的喙梳理杂乱的羽毛，用粉色的舌头小心舔舐自己的伤口。然后，在第二天，继续高昂他的头颅。

他说生命是充满变数的，谁也不敢说自己可以做一辈子的王，也没有人愿意承认自己甘愿做一辈子的奴仆。"你可以看扁现在的我，但永远不要低估将来的我。"这是他为自己写的座右铭。

我有一个身在农村的表弟，在他身上，我领略了另一种截然不同的生活态度。

表弟说，别人总是看扁他，他觉得自己再也没脸活下去。

他是个自卑的人，总觉得自己处处不如别人，总喜欢和亲戚邻居攀比，比较的结果就是最后数他的日子过得差。按理说，他是个很勤劳的人，日子本不应该过成那个样子，可是他遇事不经大脑，脾气也倔强。总喜欢不停地往家里买各种机器，就那么几垧地，买这么多铁嘎达根本用不上几次，而且三天两头的不是这里坏了就是那里需要换零件了，更多的时候是闲置在那里，生了厚厚的铁锈。亲戚们怎么说他也不听，一副不撞南墙不回头的驴憨劲儿。自己还总是怨天尤人，说老天爷不开眼，这么拼命干活却换不来好日子。面对亲朋好友的贬斥，他不反思，反而更加郁闷，给自己买了两个手机，分别办了两张卡，把别人看扁他的话都编成了短信，然后用这个手机发到那个手机上，再从那个手机发到这个手机上，翻来覆去，让他的苦闷在心间产生了对流，终日里萦绕不去。他就这样，不停地被他自己的苦闷折磨着，终于有一天，精神崩溃，喝了农药。所幸抢救及时，命救过来了，思想不知道能不能渡过来。

其实，如果他能反过来，把那些别人看扁他的话当成一种激励，多去想一想生活中点点滴滴的快乐，那么，这快乐的露水一定会一点一点慢慢聚集，最后聚集成快乐的海洋。那样就会是另外一种结果了。

生活的艺术更像是摔跤，而不是跳舞，既要站得稳，还要时刻准备好突如其来的打击。

人生在世，很多时候我们不得不面对冷漠的面孔、嘲弄的眼神，甚至恶意的中伤、阴险的陷阱……但无论我们周围的世界怎样的令人痛苦不堪，无论我们心灵的天空如何阴霾密布，我们都应当笑对人生。

张小娴说："与其因为别人看扁你而生气，倒不如努力争口气。争气永远比生气漂亮和聪明。"

就凭你，能行吗？人生路上，我们经常会遇到这样的质疑，此刻，需要你说一句：我能行。永远不要忘记当初的梦想并去坚守它，如果它如天上的星星遥不可及，不妨先让它变成枕边的油灯。

暂 停

早上下楼扔垃圾的时候，院子里平地飞起一只喜鹊，飞到梧桐树枝头，继而又飞向楼顶，然后是另一个楼顶，转了一圈之后，重新栖落于枝头。隔着交错纵横的树枝，我才能比较长久地观察它，再不能找一个更接近更没有遮挡的角度，否则，它还会再次离开。

都说喜鹊是喜庆之鸟，我在把它往最高处赶，因为那样，见到它的人就会更多，得到幸福的人也会更多。

而此刻，喜鹊停下来，认真地梳理它的羽毛。我也停下来，静静地看着它，把吉祥铺在半空。

我获得了心灵的安宁，这多好！哪怕只有片刻，对于一颗疲惫的心来说，也是一种滋养。为什么不能安静呢？为什么非要手忙脚乱呢？为什么非要把生活弄成一锅糊涂粥呢？

除了被从山岗那头匆忙穿过的火车抛下过，我们还曾被什么远远地丢在脑后呢？消失的云朵，奔跑的马，黄昏里心心念念的上一个清晨，终于杳无音信的某人，甚至是过去马不停蹄的整整一年。

我们总是一副奔忙的模样，每日里都路过城市中最繁华的一条街道，每一道路口都通向四方，都预示着下一步存在着改变方向的可能，这些延伸再延伸不知会到哪里的路口，本可以停一停，本可以有一些道别或是相逢，只是太过拥挤，太多的人迎面而来，擦肩而去，他们都好似被追赶着，人人似乎都在对自己说，快些，再快些。

究竟是什么在驱赶？

汪曾祺写《昆明的雨》，因为避雨，65岁的老先生和朋友走进小酒店，要了一碟猪头肉，半斤白酒，坐了下来，由此观察到酒店院子里："一棵木香，爬在架上，把院子遮得严严的。密匝匝的细碎的绿叶，数不清的半开的白花和饱胀的花骨朵，都被雨水淋得湿透了。我们走不了，就这样一直坐到午后。"

这是多么惬意的暂停，老先生如获至宝，心灵在那一刻，轻盈如羽。

然而，我们大多数人就像逐日的夸父，每天都在拼命地奔跑，却忘记了脚下的路就如同小白鼠的笼子一样，是个圈。既然是一个圈，又何必紧赶慢赶呢？

这么多年，每个人似乎都在铆着劲征战杀伐，奔赴哪里算哪里，然而最后的愿望，只是得到一座花园，修枝剪叶，草木皆情。

人生需要按一下暂停键，以提醒我们，那么多的美好，正在流逝。停下来，遇到一片云，那里有可以追溯的童年，有亲人的脸；停下来，遇到一个心仪的人，在咖啡的一朵香里，种一行诗歌。

一件事，并非急着去完成，一条路，无须多么迫切地走到头，沿途的风景刚刚好，你可以稍做停留，让花香染袖，让鸟语落肩。

一只鸟在写诗

一只鸟落在早春的枝头，啄开百朵苞蕾。一树花开，是一只鸟写的诗。

一只鸟落在晚秋的屋顶，叼出一缕炊烟。满院饭香，是一只鸟写的诗。

没有一只鸟能够完整地离开秋天，总要掉一片、两片或者更多片羽毛。

叶子是树的羽毛。羽毛是鸟的叶子。

羽毛会落，叶子也会落。羽毛和叶子一样轻盈，羽毛和叶子一样，有翠绿的希望，也有暗黄的失落。

羽毛落的速度或许会缓慢一些，不像叶子，那样急速、决绝，羽毛喜欢在空中打着旋儿，在坠落前还不忘和风优雅地道别。

这些都不重要，重要的是，羽毛是最轻盈的诗句，从它赞美的庞大诗集里，缓缓剥离，分崩离析。

我在一只鸟飞翔的轨迹里，看见了诗——鸟的翅膀，是用来支撑自由的。

台湾作家王鼎钧写过："如果没有诗，吻只是触碰，画只是颜料，酒只是有毒的水……不能没有诗。如果人不写诗，鸟来写；鸟不写，风来写；风不写，蜗牛来写……"

世间万物，皆可为诗，这是一颗怎样纯净的心！

世间藏着诗意。只要活着，就能找到诗。比如你发现了花，我爱上了海，她迷上了雪。

如果你的心藏着诗意，那么云便是长了翅膀的，月便是披了轻纱的，风便是欢笑的或者哭泣的。那云，那月，那风，也都在写诗。

双双在给我的信中说："七匹马的车子停在你的门前，上面装满你要的诗歌。"

这是爱人的诗，热烈而又豪迈。

青春是一场大雨，即使感冒了，还盼望着回头再淋一次。如果再给我一次机会，我会依然选择奋不顾身地走进雨里。尽管那场雨，下得惊心动魄。再大的雨，也浇不灭心头为你燃起的火苗。

我不要三月的风口浪尖，我不要四月的众说纷纭，我只要暴雨未曾停歇的夜晚，把你揽入怀中，捂上你的耳朵，告诉你，我摁灭了几盏闪电，几朵惊雷！

人到中年，再回头才发现，原来只因为有你，那些风雨才来得恰恰好。

当我说，我要给你写诗。那从心口蹦出来的诗句便不再是诗句了，而是一头小鹿，沿着蜿蜒的小径，头也不回地，朝着你的方向踢踏而去。

大米花小的时候，我们在雪地上玩耍，她和我说："爸爸，小心点儿，别踩疼了雪。"

小米粒让妈妈摇下车窗，拧开了矿泉水的瓶子，说要灌一瓶风，然后拧上盖贴在耳朵上，她说她要听听风的声音。

这是孩子们的诗。

一个妻子，两个女儿，够我写光这世上的纸。她们是我诗歌中的意象，是雪，是花，是呼啸的风，是云层里缓慢行走的月。

世间藏着诗意。胀满双眼的绿，绿得那般凶狠，绿得那样荒凉，绿得那样不容靠近又不可收拾，绿得那样决绝和孤僻。它们袭击了我的芍药、草莓、蔷薇和玫瑰，更用了层叠的势力，千方百计千头万绪千丝万缕地埋没了原有的主人，而没有丝毫的不忍和迟疑。

伸长了脖子在飞的野鸭子，翅膀带不动那体重似的，仿佛一下不使劲儿就会掉下来。它们都在天空上飞啊，都在飞越云层，都用翅膀在扇动风。

鸟的叫声，有轻灵婉转的，有自由泼辣的，自然，也有憨态可掬的。

夜里，去抬头仰望吧！月亮在夜空写诗，星星是一颗颗汉字。

讨厌的蚊子也可以写诗——它在我身上，摸索黑夜的开关；

草原上的草对马蹄的爱也是诗——期待马蹄再熨一遍它们的

夏衣；

旋转木马的启示也是诗——彼此追逐却有永恒的距离；

哪怕一把旧锁，它的忠告也是诗——如果我休息，我就生锈。

总听到有人说，世界很大，要去看看，寻找远方和诗。其实，很多旅行并未给你带来真正的愉悦和感动，更别说对灵魂的触动。

除了几张照片和晒黑的皮肤之外，你所得无多。

现在的人们，把旅行当成时尚，在我看来，不过是另一种意义上的附庸风雅罢了。从来不去旅行的伊壁鸠鲁，在自己的花园里寻求的东西，我们的旅游者却要到国外去找！

那些所谓寻找诗和远方的人也一样，你的灵魂若是龟缩不前，即便身体走得再远，也写不出一首好诗来。

写出一首诗是心灵沉淀和发酵的过程，不管最终是否完成，只要我们走在这条路上，这本身就很美。比如此刻，我看到一堆白云一样的羊，一堆烧得东倒西歪的火，一口摇曳得乱七八糟的香气的锅。

你能说，那两个举杯对饮的人，不是诗人吗？你能说，他们的心，没在远方吗？

你能说，他们的心上没停落一只鸟吗？

第三辑

一条河的两岸，
住着慈悲

我们跟着月亮走吧

那年我 12 岁，是家里很不顺的一年，处处弥漫着哀伤的味道。先是祖父去世；然后父亲在工作中受伤，中指被车床绞断；随后是哥哥闯了祸，和几个小混混一起偷铁被派出所抓去，坐了班房，还要罚款；紧接着是姐姐被一个男人欺骗了感情，整日里精神恍惚。这些事情几乎是一起涌过来的，母亲像一个太极高手，四两拨千斤，硬生生用她柔弱之躯扛起了这一切。

父亲在医院里并不知晓家里发生的其他变故，母亲刻意提醒我们，因为祖父的去世，父亲一直没有缓过来，所以家里的事情必须对他隐瞒，让他安心养伤。

母亲把亲戚朋友甚至邻居家跑了个遍，总算凑够了钱交了罚金，毕竟偷盗数额较小，派出所一通教育之后，就把哥哥放了回来。母亲并没有立即打骂哥哥，只是让他跪在院子里，让他自己思过。哥哥双膝跪着，心却直挺着，倔强地噘着嘴不肯服软："我去偷东西，不也是寻思给弟弟妹妹买点儿好吃的吗？"

"就是饿死，也不能白拿别人的东西，何况是偷！"母亲终于爆发，气得脸色惨白如月，"人要清清白白，你就在这月亮地儿好好反省反省吧。"

那晚的月光如白油漆一样泼在哥哥身上，像母亲的目光，一遍遍地洗刷着哥哥身上的污浊之气。

姐姐遭遇情感变故后，把自己困在屋子里，拉紧窗帘，整天不出来。母亲担心姐姐闷坏了身子，变着法儿地想让姐姐走出忧郁的囚笼。

母亲为姐姐做了很多好吃的，我去喊姐姐吃饭，却是千呼万唤不出来。母亲实在逼急了，闯进姐姐的屋子，一把扯开窗帘，月光被抖落一地。

满地都是撕碎的纸片，母亲知道那是负心人曾经写给姐姐的誓言。母亲把它们扫起来，扔进垃圾桶。

"你还这么小，难免会遇到不好的人。这有啥，以后的路长着呢，难不成你就把自己困在这黑屋子里，一辈子不出去了吗?"母亲轻语安慰，"丫头，你看，那月亮还有缺有圆呢，何况是人。以后你就知道了，你这点儿小事儿啊，咋说呢，喏，看见窗外炉子上那大锅菜了吧，它就像那大锅菜里的一头大瓣儿蒜，菜都算不上，就是借点儿味。"

许是母亲的比喻生动，姐姐竟挤了一个笑窝窝出来，继而号啕大哭，母亲把她拥在怀里，安慰道："哭吧，哭出来就好了。咱不能闷着，你看月亮多好看，你怎么舍得不去瞅上两眼呢!"

姐姐心里的缺口，慢慢地就被那月亮的银辉注得满满的了。

几天后的一个夜晚，要去医院给父亲送吃的，很远的路，我和母亲走走停停。

歇脚的当口，我看见母亲对着夜空轻叹了一口气，仿佛是在对上苍许着愿望，又仿佛是在向无边的黑夜倾诉着憋闷和委屈。眼角似乎有亮晶晶的东西在闪，母亲毕竟是女人，太多的事让她有些难以承受，可是她强忍着不让泪水落下来。

乌云一层一层压过来，有些让人窒息。母亲也一直沉默着，让人不免担心一个闪电会不会将我们引爆。我想牵个话头出来，可是张开的嘴却被一阵风塞住。

忽然间，天上的乌云裂开一个缝隙，月亮像获得自由的鸟儿，"嗖"一下蹿出来！一绺一绺的月光像一把把利剑，霎时间割开夜妖的黑色袍子。母亲终于露出一丝笑容："'黑蘑菇'总有散开的时候。"并催促我说："快，咱就一直跟着月亮走。"

人生是由各种烦恼的碎片组合而成，每个人的一生都是不断拼接的过程。人生中那些艰难之事，于我早已不再新鲜，每每历经苦之风暴来袭，我都不会选择躲闪，而是勇敢地扎进去。我记住了母亲的那句话，也相信乌云总有散开的时候，只要月亮出现，一切就都有了转机和希望。

跟着月亮走吧。

这些年，不知是有意还是巧合，母亲总是喜欢在月亮地里对我们进行说教，母亲的"月光疗法"对我们的健康成长起到了至关重要的作用。殊不知，母亲才是最温暖、最贴心的那缕月光，我们一生都栖息在她的光华里。

母亲用强大的母爱叮嘱我，一切烦忧都不必过于介怀，跟着月亮走吧，自会走到柳暗花明处，自会走到鸟语花香间。

无法邮寄的春天

我刻意经过那个邮局门前，只为了看一眼那个奄奄一息的老人。听人说，他的脚腐烂了，连骨头都露在外面。我没敢走近跟前，只是远远地望着，我怕那些脏物会将我的慈悲赶跑，连同我的怜悯，一道落荒而逃。

他在那里一动不动，盖着一件破衣裳，如同死去一般。

那里有两个绿色的邮筒，被雕刻成天使的模样，装了翅膀，仿佛随时可以离地高飞。一封封信安静地躺在里面，如同躺着很多颗心：少年相思的心，慈母念儿的心，游子思乡的心……天使会带着这些心飞到它们想去的地方，不管春夏秋冬。

过了很久，我听到一声轻微的咳嗽，是他发出的。仿佛死亡的门偷偷留下的一个缝隙，让这属于生命的咳嗽声响亮起来。那个早晨的阳光灿烂无比，暖暖地照着他，似乎令他感到了生命中尚存的一缕温柔。他微微欠起身子，竟然望着太阳咧开嘴笑了。纷纷扰扰的行人在他身边不停地穿梭行走，一些人停留驻足，摇摇头，甩下一声叹息又匆匆走掉，转过头去，阳光依旧荡漾在脸上。

后来就下雨了，莫名其妙的雨来得迅疾而猛烈。老人把身子缩成了一个句号。一对情侣在不远处欢呼着，按他们的逻辑，这场雨是有来头的，因为那女人对男人说，爱我，拿什么证明呢？除非你能让这大晴的天立刻下雨。果真，雨下起来了，稀里哗啦地，没有任何征兆地倾泻下来。

老人头上的雨，像发了狂的洪水，冲垮他心中最后一个堤坝。

浑身湿透的老人不停地打着冷战，好在阳光是慷慨的，一寸一寸暖着他的身子。

令人感到不解的是，这样一个已完全丧失行走能力的老人，却在身边整整齐齐地放着一捆行李，而且是极其干净的。他无法行走，只有靠路人的施舍来延续自己的生命，死神像风一样随时都可以将这根老迈的蜡烛掐灭。夜深的时候，凉意像歹徒的刀一样贴紧肌肤的时候，他却依然舍不得铺开那套干净的行李，用它御寒。

我想，一定有一个绿色的希望在老人的心里生长着。或许他依然梦想着奇迹的发生，希望有一天自己能站起来，用这崭新的行囊给自己暖一个小小的窝吧。

我揣着怜悯，站在离他5米远的地方，感受着一个气若游丝的生命。

阳光依然灿烂，一个孩子试图将一封信投进邮筒，可是他太小了，使劲跷着脚也无法将信投进去。老人用手撑着地，艰难地挪到孩子跟前，用尽全身的力气托举起那个幼小的身躯，一封信就这样生出了翅膀，一颗心就这样开出了苞蕾。

"爷爷，你怎么不能站起来啊？""爷爷生病了，没力气了。""那我扶着你。""瞧你这小不点，还没我蹲着高呢，怎么扶我啊？"

孩子和老人都笑了。那绿色的天使邮筒，在阳光下又像是一棵郁郁葱葱的植物。在这个万物生长的季节，很多人忽略了一样弥足珍贵的东西——爱，近来的收成不是很好，常常青黄不接。

邮筒之所以是绿色的，就是因为它会给人带来希望。它挺立在那里，帮人传递着亲情友情和爱情，而那个无法行走的老人，他的春天，却永远无法通过邮筒传递出去。

我来是为了什么呢？我开始扪心自问，难道仅仅想对他说上几句安慰的话吗？我怎么没有想到，给他满身满心的怜悯，不如给他一支廉价的消炎药更有效呢。

他的春天，无法邮寄，而我的忧伤，又何尝不是！

我的记忆中始终收藏着这难忘的一幕，他用两只手支撑着向前移动。那两只手，是两根发育不全的树枝，吐不出新芽。他在离春天很近的地方，一步之遥，但就是无法到达。

每当我想起这个不放弃希望的老人，都会引来一阵疼痛。那来自于灵魂深处的忏悔，就像我的风湿病，常常在雨天让我周身上下都渗出冷冷的汗水。

落在纸上的星星

我喜欢一些字，因为喜欢而闪着光怪陆离的光。它们是落在纸上的星星。

比如，来。是的，是来。不是去。来是拥抱，来是取暖。

你来，每一个毛孔里的花都会开放。你离去，每一个脚印都让世界延伸成荒漠。你说，最幸福的一刻，是我张开手臂对着你说，来！这一个来字，此刻落在我的纸上，它是文字里的星星。

比如，想。

想，是热的。刚出锅的小笼包热气腾腾。上班后，2 岁的女儿打来电话："宝想爸爸……"这个想，多么热切，通过这个字，可以闻到隐于其中的婴孩儿身上的奶香。

想，是暖的。棉花垛里最靠里的一团。母亲电话里说："想家了就回来看看。"想，忽然就沾着母亲围裙上葱花的味道了。

想，是凉的。女人追着男人问："这么久，也不给我打个电话，有没有想我啊?"男人说："想啊，只是我太忙，忙着开会，忙着见客户……"

这想就冷凉了，像炸裂后的烟花，激情过后，唯有泼了一地的硫黄味道。烟花易冷，斜刺里穿来的冷风，让这个字哆嗦起来，不停地抖动。

想，是厚的。老祖母的储物柜尘埃半寸。父亲说："想奶奶了，就来看看她留下的东西吧。"拂去尘埃，看到的竟是我的童年——弹弓子、溜溜球、护心锁、照片、奖状……她竟然都为我留着，而她却走得很远了，星星与我一样的距离，我的想还追得上她吗？

想，是浓的。老式笨锅里熬着猪蹄儿汤。"吃哪儿补哪儿，没几天我这脚就好了，别回来了，一趟路费好几百，精细着点儿过日子。我没事儿，别想着了啊。"父亲在电话里唠叨。"旺财（父亲养的一只狗）还好吗？我想它了。""你这孩子大老远的想啥不好，想一只狗！它好着呢，这会儿正围着你妈摇头晃尾巴呢！"

这想，就有了老汤的味道，又有了旺财身上的腥气。不过这会儿它若是在我身边，我还是会把头埋进它的长毛里。它也会舔我的脸，尾巴摇得像风车，这是它的想。

真是千奇百怪的想呢！

烟想着打火机。花蕊想着蜂蝶。琴弦想着手指。杯子想着水。碗想着米饭。枕头想着梦……想，也自然各有各的去处，有的结了霜，有的絮了窝，有的飘了洋，有的扎了根。

比如……我的纸是无边的海洋，容得下更多的星星落下来！

时间的拐杖

我看不见时间的白色绒毛，却感受到那双巨大翅膀的飞翔。

在不同的人心里，时间扮演着不同的角色，有时候是恶魔，有时候是天使，时间带给你煎熬，也带给你愉悦。

周传雄在歌中唱道："感情像个闹钟，按一下就停。"

阿赫马托娃在诗中写道："我活着，像座钟里的布谷鸟，我不羡慕森林中的鸟儿们。上紧了发条，我就咕咕叫。你要知道，这种命运，我仅仅希望，仇敌才会拥有。"

年轻人即便穿着时间的跑鞋，也跑不到时光的前头去。年老者挂着时间的拐杖，也不会被光阴落下太远。时间就是那样的东西，你快，它也快；你慢，它也慢。

时间，是一个人心灵的疆域。

和厌恶的人独处，一天犹似一生漫长；和心爱的人相拥，哪怕一秒，也是永恒。

早晨在公园锻炼的时候，看见一对老两口步履蹒跚。显然，老头儿的脑血栓后遗症看起来很严重，在一个小栏杆前，怎么迈也迈不过去。老太太在那边急了："你给我刚强点儿，就这么个小栏杆，今天迈不过去咱就甭想回家了。"看着老头儿一次次无功而返，满头汗水的样子，我实在不忍，走过去想帮他一把，没想到凶狠的老太太连带着把我也一顿呵斥——不许帮他！

我不禁有些不悦，这好人还做错了吗？

老头儿咬了咬牙再一次抬起腿，成功了。老太太转怒为喜，拿着毛巾给老头儿擦汗，对我也是歉意有加——"小伙子啊，大娘知道你的好心。可是，你扶的，是这么一次；我扶的，却是他的一辈子啊。"

老太太接着说："我们都没有太多的时间了，更别说可以自己走动的时间了，所以啊，我得让他再多走几步。"

多走几步，那是老人在用蹒跚的脚步多吻几次今生的路。

看过这样一个故事：一个农妇在墓地为她亡去的丈夫哭得死去活来，一位哲学家路过劝说她节哀顺变，并列举了从古至今的诸多伟大人物曾遭受过的比她失去丈夫更大的不幸，"可他们不都很坚强地好好活着并做着他们伟大的事业嘛！"然而，农妇对此充耳不闻，仍旧一味地哭泣。哲学家很为农妇的愚昧生气，转身走掉。

过了一些时日，一天，农妇前去为亡夫扫墓，意外地看到哲学家在一座新坟前痛哭流涕。在哲学家断断续续的诉说中，农妇才明白，原来哲学家刚刚失去了他的小儿子。农妇不太会说话，便想到用上次哲学家安慰她的话去安慰眼前这个伤心的老人。"这没有用!"哲学家老泪纵横,"说什么都没有用,我的心都碎掉了。"

时间又不知过去了多久,一天,两人在田野中再次相遇。从对方平静的神态中,他们看出彼此都已从往日的伤痛中走了出来。

这个故事本意是告诉人们当伤害来临时,要试着去学会拥抱它,像拥抱一棵荆棘树那样。人,终究要靠自己来站立。

我感受到的却是时间的魔力!

每一种或惊喜或悲伤的经历都只是一种经过,从现在开始,每一步,都开始走得真实,像一朵花不再为蝴蝶的赞美去开放,但它开放;不为秋天的一滴眼泪而凋零,但它凋零。

在大自然里,没有悲怨,也没有疼痛,只有一种经过。像雨滴经过天空,经过房瓦,经过屋檐,掉下来,在地面上溅起水花。经过水花,经过尘土,经过流动和静止,以及风和云的幻化。或者下沉,或者上升。无意执着于一场相遇,也无心挣扎出一份永恒,就那么天收地藏,没了影踪……终于把自然和自己的人生融在一起。

终于知道霜林尽染和悲哀无关——是自然经过了它。是的,我们的生命必然要被自然经过的,而我们,经过情感!

"世界这么大,找不到一个可以哭泣的人,这落日下的山河,该消失的都消失了,唯余你我。最冷的日子,我把自己披在身上取暖。"(大卫语)

自己做自己的火焰,心灵才不会挨冷受冻;自己做自己的上帝,祷告才不会孤独地飘在风里。即便有一天老去,也不必伤怀,时间的拐杖,会轻扶着你我,不让我们在悲伤里猝然倒地。

丁香绕

楼下小花园里的丁香开了，一波又一波的香，环环绕绕，奔袭而来！

丁香花的个头极小，很单薄，但它们懂得抱成团，簇拥着，一串串，相扶相携，如此，才有了和别的花朵争芳的勇气和信心。

道路两旁的花树被修剪得整整齐齐，唯独丁香花们不守规矩，淘气地向外探着脑袋，闪着不受束缚的，自由的光，像挂在竹篮外面的彩色铃铛。

虽然淘气，但它们并不做张扬之事，不像桃花和杏花，日本艺伎一样，比着往脸上涂脂抹粉，争分夺秒地献媚，以求春天的恩宠。只是，妆化得太浓，总显得不健康，萎谢得自然也快，失宠的花瓣蔫巴着，如同用旧了的手帕，百褶丛生，看上去甚至不如一棵草漂亮。

丁香花们却精灵得很，一个个仿佛商量好了一般，有先起床的，有后洗脸刷牙的，反正，都不在同一个时间做同样的事。这样，你就会看到，整树的丁香花此起彼伏地开放，这边的落了，那边的开，所以，它们的花期看上去比桃花和杏花要长许多。

丁香，绝不是什么高贵的名花，是普普通通的花。它们是这个城市里最多的一种花，超市门口，烧烤店前，大排档旁，都能寻到它们的身影，探着头，好奇地打量这个光怪陆离的尘世。有时候被烧烤店的煤烟熏得黑了眉毛，有时候被大排档里的客人用啤酒浇了头……即便如此，只要一场雨就够了，它们就会让自己变得干净起来，香气也依然纯正。冬天，它们的花落了，藏起所有的香气，可依然大有用途。浑身被挂满一串串彩灯，天黑下来，它们就会以另一种方式灿烂着。

每天清晨，伴着一阵阵花香传过来的，还有豆腐脑、果子、油炸糕、葱花饼们的香味。小贩们的吆喝声也各有不同，有的急促，有的低缓，有的一咏三叹，有的荡气回肠。吆喝声虽对顾客的招揽作用很大，但最重要的，还是你做的吃食味道要好，价格也合理，为人更要热情。

这几个小贩因为都是残疾人，所以受到了市里的特殊照顾，给他们开了绿灯，也使得他们有了一个自力更生的营生可做。每天早上，几个摊位我都尽量光顾到，在"独臂张"的小摊上买一碗豆腐脑，在"哑巴西施"的豆腐摊买块豆腐，在"铁拐李"的小摊上买个葱花饼，在"盲阿婶"的小摊前买碗馄饨……

他们也懂得感恩，知道这份营生来得不易，每天早上忙活完，都不忘把地面收拾干净。三轮车推走的时候，一点垃圾都没有，这里好像根本没有人卖过东西一样，只剩下吆喝声，留在人、树木和花草的耳膜里。

虽贫贱、低微，但洁身自好，这一点，他们和丁香很像，都是在拼了命地把香气挤出来，活出一点奔头来。人世间，每个人都一样，都有属于自己的香气，但凡你有骨气，活出自己的气势来，都会开成一浪香过一浪的丁香花。

回到家，妻子并不讶异我买来的早餐花样繁多，也没有被葱花饼的香味吸引，而是在我身前身后走了一圈，抽抽鼻子，惊呼道："你的身上，怎么有那么多丁香花的香味啊？不知道的，还以为你一个大男人，掸了我们女人用的香水呢！"

两只苹果，拥挤着过河

阳光直溜溜的，风也不打弯，鸟儿在天空的宣纸上练字，苹果都不忍再待在树上。

两只苹果，一只健康饱满，一只病虫缠身，它们走过公路，迈过斑马线，拥挤着过河。

树木真是太幸运了，四季一轮回，它们就可以完完全全地从头再来一遍。如果上辈子说了不该说的浑话，让哪只鸟儿哀泣着飞走，这辈子，它又可以在自己枝繁叶茂的时候，与那只鸟儿重修旧好。

我不怕得罪一棵树。我怕，得罪一个人。

我们总是习惯把毛毛虫作为锻炼孩子勇气的极佳教材，会当着他们的面把它踩得稀巴烂，说："看吧，虫子一点儿都不可怕！"

令人讽刺的是，我们又经常用蝴蝶作为培育孩子行善之心的重要道具，告诫道："不要去伤害它们，你看它们多美啊，像花朵一样！"

殊不知，它们是同一种东西的两面啊。看吧，我们是多么习惯"以貌取人"。

世界是两面的，如同人的两面——你只看到那双锃亮的皮鞋，不见得会看到同样锃亮的脚后跟。

心怀叵测的人，就像夜里那一排排的路灯中间坏掉的那几盏。有那么多路灯照亮你的夜路，何必去在乎坏掉的那几盏。它影响不了你的走向，无法减慢你的步伐。

它的黑暗也不能影响其他路灯的光明。路上的人们，不会因为一盏坏掉的路灯而放弃行走。

小人就是那坏掉的路灯，每个人一生中总会路过几盏。

加缪说："重要的不是治愈，而是带着病痛活下去。"

去吧，去诗人那里，领几行诗句，给你高烧不退的灵魂降降温。

一朵慵懒的云，从一张美好的床上开始升腾。窗子还没打开，少女的梦就已经飘到了半空。

而我偏偏要不合时宜地写到雾霾，让那些美好大打折扣。

　　我不该在这秋天的辽阔里落泪。忧伤会使人很快老去，而我又格外眷念青春。

　　我是一棵矛盾的草，行将枯萎却又不舍招摇，我是这明媚秋天里的一点瑕疵。

　　有人问希腊七贤之一的阿那哈斯："你说，什么样的船只最安全？"阿那哈斯回答："那些离开了大海的船只。""哦，我明白了，离开了道路的车辆，离开了战场的士兵，也都同样安全。""是的，但有多少人愿意这样做呢？"

　　就像你不能因为害怕尘世的苦难而拒绝出生。

　　要进入生活，而不仅仅是观望。不管那里是否生灵涂炭，水深火热。

　　有什么事不可以让它从我生命中碾过？

　　我唯一的圣旨是今天的命运，唯一的责任是拿生命去承担这一切。

　　降生时，我手中无剑，拿什么对这疯狂的苦难披荆斩棘？

　　而我活着，从未低下头颅。

　　从哲学的意义上来说，一个人是否活着不重要，重要的是，他是否存在。

　　活着和存在，是不同的概念。行尸走肉般活着，如同死去。顶天立地样活着，才可称之为存在。

那些几乎压垮过每个人的阴影和煎熬，又曾将我们带到过怎样的深度和自我里去体验人生。在错综复杂焦头烂额的处境下，我们认识了多少错误，懂得了多少珍惜。我们在倒下的刹那，眼角涌出的不仅是恨，还有更强烈的爱的热泪。

我们跌倒在生命的最低谷，认识了幽暗处的自我，究竟缺失了哪些品格；我们爬到自己的心尖上，会发现，原来心有多高，危险系数就有多高。

荡气回肠的爱恋，上下求索的理想，流离失所的哭泣，疲于奔命的隐忍……在命运的重压之下，生命亦可怒放出最极致的花。

说了一大堆鼓舞别人的话，而此刻，我却想偷走我所有的鞋子，那样就不用再辛苦地奔跑了。

生命的弦，不必永远绷得那么紧。

美与丑是两只苹果，评判的标准来自那条蛀虫。

善与恶是两个摇篮，晃动着初醒的世界。

一支倾听黑暗的蜡烛

临终时，祖母颤巍巍地示意我们点上一根儿蜡烛，说要和它一起熄灭。我不知道祖母此举有何深意，只知道那个时候经常停电，而一根蜡烛的价钱是 5 分硬币。

祖母望着蜡烛，眉头舒展，随即又仿佛一个跋涉了许久的旅人到达了目的地，长舒一口气，卸下所有。

祖母没有活过那根蜡烛，先它一步，咽了气。祖母的脸上露出久违的微笑，酒窝像一朵莲花。她奋力伸出手去，骨瘦如柴的手，指着我们，像菩萨的手，伸到我们中间。

祖母去了，电却来了，电灯照亮所有人的忧伤，却再也照不亮祖母的前额。

父亲吹灭了蜡烛，说："留着这根蜡烛，等出灵的时候，点着它，给你奶奶在那边照个亮儿。那边太黑了。"

那边是哪边？父亲又没去过，怎么就知道那边是黑的？年少的我满是疑惑，可是看着一张张因为悲伤而异常严肃的脸，我又不敢问太多。

当时的我看祖母，更像一个巫婆，她告诉我不要用手指着彩虹，她说那样手指会烂掉。孩子的心，总是相信这样的话，竟然，有好多年，我真的不敢用手指着彩虹。每到给先人上坟的日子，她还告诉我，烧了纸不要回头，回头了鬼魂就会跟上来。我便吓得真的不敢回头，哪怕现在还是。这些我都信了，可是，为什么偏偏就没有相信她临终前用干瘪的手轻拍我的脸说的那句话呢？她说："莫哭，莫哭，奶奶只是去睡会儿。"

这一睡便是长眠不醒。很多人的一生，没有长过一句简短的歌词。

父亲似乎看出我的疑惑，接着说："你奶奶这一辈子苦啊，在晦暗的地方待得时间太长了。"

祖父和祖母结婚一年后便当了兵，然后杳无音信，祖母一生没有再嫁，独自一人养大父亲和叔叔。因为祖父当的是国民党兵，所以"文革"的时候祖母免不了受红卫兵的"声讨"和欺辱。祖母忍受着尘世带给她的一切苦楚，正如她那苦命的村庄，终日沉默，一言不发。只有无限猛烈的狂风抽打它时，它才勉强挣扎一下。

是的，偶尔祖母也会喋喋不休地怨恨："你个傻瓜蛋子，哪怕当个逃兵也好啊，不知道家里有个等你的娃儿吗？"

她在村庄里扎下根去，哪儿都不去。她说就算临死前最后一刻，也要等着祖父，她就那么执拗地信着，祖父还活着。

那段日子，祖母常常去当铺。从最开始的手镯，到后来的银饰，甚至她最割舍不下的香炉，银制的烟袋锅，都一一典当出去，只为了让她的孩子们不挨饿。为了孩子，她把自己典当得干干净净，空剩一副嶙峋的瘦骨。

祖母老了，本想着该享享清福，却不想又得了重疾。

祖母卧床不起，躺在床上，谁都可以推开她的门进去，看她躺在床上的狼狈的样子。尽管在她年轻时，扣个扣子都要避开人的眼睛，更不会像许多女人那样，在人前奶孩子。日子再穷，祖母都不会让她的衣服有一点脏和一丝褶皱。

"离远点，我身上臭！"她老人家总是这样对我们说。

祖母是个极其干净的人，大家闺秀，年轻时候有洁癖。她的床，别人坐过之后，她都要重新洗一遍。每天会洗好几遍手和脸，爱用香皂。可是她老了，病了，身上所有器官都坏了，功能丧失，大便经常要由父亲和叔叔轮流用手指头抠出来。每当这时候，祖母只能无可奈何地拉被子遮脸。有时候她会像疯子一样发火，有时候会像小孩一样哭泣。一生的尊严和坚守，噼里啪啦全毁了。

最难熬的是夜。一切都停了下来，唯独疼痛，还在漫无边际地爬。

祖母在黑暗中忍着疼痛，她的手紧紧攥着，她的嘴紧紧咬着被子，她不喊叫，她心疼她的儿孙，不想让自己的喊叫惊醒了我们。

祖母在黑暗中，被疼痛戳醒，就那么一直睁着眼睛。我想，她的脑海中定是一遍一遍地播放着往日时光，这岁月的皮影戏，终于要演到最后一幕。

令我们意想不到的是，祖母在黑暗里对抗疼痛的方式，竟然是给我们一颗颗地嗑着瓜子，早上醒来，她的枕头边儿上堆满了很大的一堆瓜子瓢。只有早晨这会儿，她才能睡一会儿，我们轻手轻脚，从她的枕头边搬走一座山，尽量不弄出一点儿声响来。

想起父亲说的话，祖母更多的时光都是在黑暗里，而她并没有因此消沉，照样带领我们把日子过得风生水起。说白了，祖母是一个可以驾驭苦难的人。这苦难的烈马，一旦驯服，就可以驮一个人奔往幸福。在黑暗里又怎样？那就去做一支倾听黑暗的蜡烛。这是祖母的哲学。

带给我的思考是，祖母大限将至，忍着疼痛，在那幽深的黑夜里，尚且咬牙活着，我们还有什么理由挥霍生命？

终于知道祖母为何在临终前执意要点上一根蜡烛，她是需要这根蜡烛为她送行。

现在想想，祖母临终的眼里，一定是看到了祖父，嘴边才绽开了一朵莲花。

想起祖母的这个夜里，我把灯关上，点燃一支蜡烛。倾听黑暗的蜡烛，时而被风吹熄，时而被风吹亮。

夜里的云朵在窗玻璃上颤抖着，想借点光亮取暖，捎带着擦亮了属于思念的小半个天空。

忽明忽暗的蜡烛，是奄奄一息的祖母，为了祖父和她的孩子们，咯尽了最后一滴血。

走走神，发发愣

晚霞褪尽，夜幕升腾。忽然有了想出去走走的兴致。便约了一个朋友，一边散步一边聊着天。一盏路灯，路边还有未化的雪。和朋友说着话，说着说着就走了神，于是就和他说，先别说话，让我好好看看这天空。

这天空蓝得无法形容，是一种有着忧郁气质的蓝，一种可以给你无限遐想的蓝，如丝丝滑滑的缎子面，伸出手就可以触摸到那种软软的微凉。

路边有人在放烟火，"砰"的一声，一个火球飞向空中，然后绽放。把那蓝揉碎，又慢慢抚平。一颗心也跟着开了、又落，芳香却留下来，沉淀于心底。

童年的一些映像就开始在脑海中不停地闪现，野地、葵花、蝈蝈、风车、蒲公英、玉米秆儿、稻草人……

"喂喂喂，没事吧你？"朋友看我傻愣着发笑，不禁担心地过来摸摸我的额头。

我笑而不语，那魂飞天外的样子一定把他吓得不轻。

走走神儿的这一刻，心底忽然塞满了一颗又一颗温柔的小星星，它们闪着恒久而又梦幻般的光，提醒着我，不该忽略生活中的一件件"小确幸"。

住在乡下的岳父，一向有些懒惰，听说我们一家人要回去过周末，起个大早，把院子打扫得干干净净，把屋子烧得热热乎乎。岳母同他打趣，一辈子的懒家伙，今天这日头咋从西边出来了。岳父嘿嘿笑着，并不言语，搬了凳子，从壁橱上够下来那瓶珍藏了好久的"五粮液"。

妻最小的妹妹和我们的年龄差了近 20 岁，上学和工作期间都在我家住，我和妻也一直把她当女儿看，有时候不自觉地就喊了声"姑娘"，她竟也乐于答应。小妹结婚后，家里一下子冷清了许多，她好久不来，心中不免有些挂念，也有些"结了婚就什么都忘了"之类的怨言。忽然有一天门铃响了，问："是谁?"听见她在那边欢快地喊："你大姑娘回来啦，快开门!"

仕途上春风得意的时候，老朋友纷纷"退场"，正开始怀疑那份友谊的纯度的时候，朋友发来的短信却写着：别人都关心你飞得高不高，我们只关心你飞得累不累……

身在尘世，有时候会感觉像一头驴子，被鞭子驱赶着前行。生活的磨盘啊，榨出新鲜的豆汁儿，也榨尽我们的诗意。我们蒙着眼，不停地奔忙，除了风声和汗水摔到地上的响声之外，就只有磨盘的吱呀声了。那只磨盘，如一只生锈的龟，爬了许多年，仍在原地打转，它爬不出宿命。

累了的时候，真想坐下来，亲手烘一块蛋糕，亲手研磨一杯咖啡。生活再忙，也要给自己挤出一点独处的时间吧，想念一下亲人，问候一下朋友。

再忙，也要在那劳碌的间隙里，吸吮出感恩的骨髓来。

走走神，发发愣，我会听见时钟上的秒针，赶着小碎步，一路奔忙，像一只淘气的小狗，不停地转着圈，非要咬到自己的尾巴不可。

走走神，发发愣，我会看见一朵云拉着另一朵云的手，相互打探故乡和亲人的消息。我会看见鸟儿，衔走我们的快乐和悲伤，飞到月宫里去报告人间的事情。

走走神，发发愣，我会听见蟋蟀的歌声，这弱小的歌者，不论怎样的天气，都持续着它的歌唱，"它身披长衫，独吟琴操，双目微盲，心中灿烂。它像盲人阿炳一样，低语着艰难的身世和世上的尘土，它把听着的心说旧了，把时光说短了，把梦说老了，把一支名叫寂寞的歌儿，说得更加寂寞。"（巴音博罗语）

葛红兵在一篇文章里写道："只要你从世俗的功利中抬起头看看，那片绿色就属于你了；听听，那池蛙鸣也就是你的了；想想，看着天空发一小会儿愣，那天空就是你的了。"

走走神，发发愣，给一颗心松松绑，让它随着云朵、随着风、随着鸟儿，爱飘到哪里就飘到哪里去吧。

左拥淡雅，右倚繁华

一直在想，一个人若是披着月光，闻着花香，说出的话会有哪些不同？

我的一个学员的老公，和我一样，也是个写字的人。有个很有趣的笔名——咸济，仿佛一个药店的名字，大概他取这个名字的时候，本意是想用文字为受伤的尘世疗伤吧。

他开着额定人数的作文班，安身立命。从不多收学生，他说人多了就教不好，心就会浮躁。

他喜欢安静简单，对事务的干扰，让他很不自在，也很不耐烦，总恨不能一时半会把所有事务处理完，以便尽快回到自己喜欢的安静与思考中。

他有精神洁癖，朋友邀酒必先一一问清与谁共桌，如预先说好的人员有变动，走至半途也会返回。尽管如此，在外酒宴还是常常带着一肚子伤感回家。不想和人较真，往往还是较真。他害怕人与事的纠缠，看似热闹的里面空无一物，所以更多的选择是逃离。只要一有空闲，他就会下乡爬山，湖边看水。他说人的浊气只能在大自然中洗净。

他为自己开辟了一处小花园，养各种各样的花，种许许多多的草莓。那是他为自己的心找的"同伴"。他的心需要从那里得到种子出土时的期待，花朵开放时的激动，手捧花枝时的幸福，甚至，一身汗水，满脸泥尘和弄脏的手无处可放时的诧异。

摘下的草莓大都是被老鼠咬过的，他却并不讨厌那用破坏来走访他花园的小老鼠，甚至但愿它和他一样，都会在那里玩得很开心。虽然也会用气咻咻的样子喊出几声"可恶"，但感性的瞬间，他的心却可能会与一只小老鼠变成"知己"。哪怕他们对草莓有不同的想法，但至少那只小老鼠和他一样，都喜欢逗留在那片绝密的小花园，搜寻他们眼中的宝贝。

当小老鼠可以在这里对草莓左审右看，又咬又亲的时候，他也在这片花园里，任性地摘下春天里的第一朵花，采集一包包的薄荷叶，笑殷殷地哄那棵三年都不开花的芍药说"我爱你"……累了懒了，坐在侧倒的枯树干上望天看云，可以不要求，也不被要求，在花园里化神成仙，快乐不已。

除此，他还觅得另一方安静的好去处——庙宇。常维法师识他性情，让出庙里一隅净地，让他在那里独处，喝茶读书，听佛音缭绕。

他说，淡泊名利的，生活定然简单轻松；回归简单的，就会活出自己的心性。

这是一颗多么干净的心！

喜欢日本插画师山田绿笔下的猫，总是慵懒怡然地、慢吞吞地走在花丛里，或许它是想找一处最舒适的树荫来小憩。

毛线团一样的猫，蜷缩在世俗的角落里，怡然自得。只要有那么一处树荫，再喧闹的尘俗，都无法打扰它的酣睡。

如此看来，除了鱼和老鼠，猫的生命中还有其他重要的内容，比如寻找一处舒适的树荫。

人也一样，有什么是值得我们过分追求的呢？那样的"追求"，只会让我们慢慢变成臃肿的人。不要一味奔跑，应该学会优雅地踱步，去捕捉属于心灵的一片绿荫。

舍了红尘，遁入深山老林，我想那并没有多大的了不起，能在繁华处觅得清欢，寻得幽静，并安然相处，左拥淡雅，右倚繁华，这才全然是真的隐士。

这儿躺着全世界最孤独的人

毕肖普的孤独，是华丽的孤独，就好像一个顾影自怜的女人，穿着最华美的衣裳，在空无一人的金色殿堂翩翩起舞。

她在写给同时代诗人洛威尔的信中说："你为我写墓志铭的时候一定要说，这儿躺着全世界最孤独的人。"

她是一个习惯性失眠的人，可是她并不恼恨，反而喜欢上这种失眠的感觉。

可以看月亮在云海里出浴，看星星在幕布上飞行，听着风慢慢掀动窗帘的声响，甚至，可以去听小虫子的缓慢爬行，想着它最先迈开的是哪一条腿。

终生住在月光里，不嫌烦，不嫌累。有时向水边漂移，有时靠着花香小睡。如果冷了，梦就是温暖的火堆；如果太静了，就去听蝴蝶的鼾声如雷。

当孤独把一个人牢牢捆缚，还会有什么力量，把一颗心解救出来呢？

是爱啊！

可是她多么缺少，这救命的良药。

在那月光之地，她踽踽独行，像一行诗，在洁白的稿纸上滑过。

她躺下来，在月光的环绕之下，把自己披在身上取暖。

或许是因为缺少爱，所以她拼命去爱，试图从更多的爱里获得新生。异性和同性，都是她爱的对象。毕肖普一生几乎是在漫游中度过的。在诸多的旅行中，她一直有恋人相伴，并为她们留下了脍炙人口的名篇。她曾与她的同性爱人巴西建筑师罗塔·德·索雷斯在巴西生活了十八年。她们喜欢"整夜黏在一起，在睡梦中，她们一起翻身，亲昵得像一本书里的两页纸"。

她曾经酗酒，这或许与她过于害羞有关。

她的过于害羞，其实也是源于内心巨大的孤独。那里是一座空旷无比的花园，装得下一切欢欣与怨怼，笑意与愁容。"她的灵魂正躲在文字背后，仿佛一个'我'正从一数到一百。"

1911 年，毕肖普生于美国马萨诸塞州伍斯特省一个富裕的家庭，但童年过得并不幸福。她 8 个月大时，父亲便死于肾炎。母亲精神错乱，此后五年，频频出入精神病院。父亲去世后，母亲也随即失去美国公民身份，回到娘家——加拿大的新斯科舍省。毕肖普 5 岁时，母亲在一次彻底的精神崩溃后，被送进了当地的一家精神疗养院。从此，她再也没有见过母亲。母亲住院后，毕肖普与外祖父一起生活，日子过得温暖、舒适。但不久，她的祖父决定将她带回出生地伍斯特抚养。毕肖普后来回忆说："没有人征求我的意见，他们违背了我的意愿，将我带回了父亲的出生地。"在那里，在那个富裕的家庭里，她感受到的不是幸福，而是亲情的匮乏。"我感到自己正在衰老，死去……晚上，我躺着，将手电筒打开、关闭、打开，然后哭泣。"

本来就不是很健壮的毕肖普，变得疾病缠身：湿疹，哮喘，神经衰弱。她变得虚弱不堪，甚至无法行走。直到1918年，母亲的妹妹莫德姨妈将她带到南波士顿，这种境况才有所改变。也就是在莫德姨妈的影响下，毕肖普开始写诗。

诗歌，终于把她破碎的心涂上一层绚烂的金色。"一座巨型城市，谨慎地揭幕，在过分雕琢中变得纤弱……洒水车过来，甩动它嗞嗞作响的白色扇面。掠过果皮和报纸，风干后的水痕，浅的干，深的湿，如冰镇西瓜的纹路。"

在这样的诗里，我看到忧郁的眼睑，看到哀伤的瞳孔，看到全世界最孤独的人。

一条河的两岸，住着慈悲

　　一个孤苦伶仃的老人，谁也不曾想到，从前竟是一个千万富豪。直到被自己最信任的朋友欺骗，导致公司破产。为了打消他的轻生念头，妻子和女儿陪着他来旅游，却遭遇洪水，一家人被洪水冲跑，他侥幸被人救下来，妻子和女儿却撒手人寰。他的心被抽空，已经没有向老天控诉命运的力气了。按理，这一次他更应该生无可恋，直接投进河里，索性断了人间这无休无尽的烦恼丝，可是他没有。救他的是一个寺庙里的小沙弥，小沙弥说："生死不过一念，死易生难。生如死，万念皆为尘灰；死如生，苦海亦可泛舟。我佛慈悲！"

　　"苦海亦可泛舟"，这一句猛然惊醒了他的魂魄。对于他来说，精神的死亡比肉体的死亡更可怕，既然命运把自己逼到死亡边缘，何不折身而返，把生命的穷途末路当作一次重新开始的远行！从那天起，他就在出事地点安顿下来，做了一条船，年复一年日复一日地义务摆渡过河的人们，几十年来风雨无阻。他只有一个念头，不想再看到有人溺水。

那年的汛期来得早，洪水浊浪排空浸漫了平日里清澈的河流，老人在渡口边张望着放学的孩子们，对着咆哮的洪水自言自语："这水咋越涨越高，让我咋送娃们回家哟！"那天的渡船在洪水中有些飘晃，老人不断地嘱咐孩子们坐稳，专注地把持着船舵慢慢地接近对岸，可就在岸边，船却几个来回也靠不了岸，老人握住锚头用力向岸上抛去，锚扎在了岸上，孩子们也都上了岸。这时候洪水里有一个人拼命喊着救命，老人奋力把船划过去，那个人刚把手搭上船边，老人就看清了，竟然是他的老冤家，害得他家破人亡的那个骗子。那家伙苦苦哀求着老人救他一命。老人咬咬牙，拉他上来，一句话都没有说，拼命把船摇到岸边，使劲儿把他推上岸，自己却一个趔趄翻到船下，一个瞬间就没了踪影。孩子们愣怔怔地望着，眼泪齐刷刷地落下，其中一个孩子问："爷爷是游泳回家了吧？"

回家了！老人去与家人团聚了，他的家里，住着慈悲。

小的时候，常去朋友阿凯家玩，他家大院里住着一对老两口，年岁很高了，膝下无子女，一辈子相依为命，感情很好。我每次去玩时，总看到他们进进出出的样子与脸上安详静谧的神态。从阿凯的嘴里听到有关这老两口的点点滴滴，但我并不在意，在我的意识里，他们是一对非常普通的老人，唯一有点特殊的是没有子女而已。

老人对阿凯他们很好，阿凯有一个疯叔叔，全家人都嫌弃，却成了非亲非故的那对老两口的宠儿。那个时候，我一看到阿凯的疯叔叔就退避三舍，可是这一对老人，一看到他，就满脸的疼爱，总是给予无限的关爱。

疯叔叔有一次不知何故离家出走了，老两口哭得那么伤心，好像是自家亲生的孩子一样。他们步履蹒跚地找了一天一夜，终于找到了，高兴得不得了，做了好多好吃的东西给他吃。

也许是老两口没有子女的缘故吧。我在心里想。但很快我便否定了自己愚蠢的想法，其实真正的原因，是老人的内心装着善念，住着慈悲。

冬天在公园锻炼的时候，常常会看到这样一种情形：公园内所有花盆里都撒着一些粮食，为了冬天的鸟儿可以不再辛苦地觅食。

包括我在内的许多人都认为不妥。鸟儿虽然在冬天有粮食吃了，不会再饿着，但另一方面，久而久之公园里的很多小啄木鸟对粮食产生了依赖，从而很少再去啄木了，树里的虫子自然活着的就多了起来，树就生了病。这样看来，有些帮助反而会起到相反的作用。

有了粮食，鸟儿的叫声变得比往年的冬天欢快了，可是这欢快里，你是否听出了一种慵懒？

镜头回放过来，看看是什么人在做这些事——

垃圾箱旁，一个老人捡拾着别人扔的粮食，所有人都以为他要捡回自己的家，可是他却背着去了公园。在公园每个落满雪的花盆里，撒上一些粮食……

我们是从"理"的层面剖析这件事，而那个老人却是从"情"

的层面做着这件事。

就算我们剖析得很有道理，也让人信服，但是老人对鸟儿的慈悲心肠，我们不能熟视无睹。

慈悲，佛家的解释是："与乐为慈，拔苦为悲。"与乐，便是给予一切众生快乐；拔苦，便是拔除一切众生苦难，是悲天悯人的情怀。

我却更喜欢从字面上去解释它。

悲容易陷落，慈却会向上引着人心。

一个人徘徊在河的这边，渡不过苦，看不破难，他叫悲；一个人渡到河的那边，看破生死，参透轮回，他叫慈。

生命是一条河，这条河的两岸，住着慈悲。左岸为慈，右岸为悲。

我只想配得上这春天

周末，常征大哥和我说："春天来了，去郊外走走吧！"

我问："去了那么多次，就没有看够的时候吗？"

"一朵花，你用心看，每次看都会看出不一样的东西来。"这是他的理论。

为了一朵毫不起眼的小野花，他会趴在地上，屏气凝神，举着相机，认真调着焦距，像捕捉战机的武者，风声鹤唳。

他热衷于旅行，但并不向往名山大川，他只喜欢朴素的事物，比如斑驳的旧城墙，比如古老的木门、磨盘和井，都是他镜头里的主角。他喜欢去郊外，一块石头，一棵普通的花草，都会令他欣喜不已。他喜欢野营，喜欢山里的夜晚，喜欢在帐篷里听着山林里的各种声音。

有一次受邀去乡下一个朋友家，晚饭后，他忽然兴起，嚷嚷着要点篝火。遂点了人家半车的柴火，在妖娆的火焰旁，对酒当歌，好不快活。这样害得人家再不敢轻易邀约。

"春天，怎么可以没有火焰？"酒醒了，他却死性不改。

春天，是花朵的通道。要多少级的地震，才可以掀翻春天？

谁那么羞赧，袖里藏着香，迟迟不肯迈出闺房？谁又那么急不可耐、欢呼跳跃着跑出来？

不一样的花朵，写的是不一样的诗。

花朵无须修饰，一样美丽。

哪一片天，能肆无忌惮地蔚蓝？

哪一朵花，敢破釜沉舟地怒放？

谁又能在春天里说出最大胆的遗愿——我要在春天死去，那样，裹尸布上就会铺满鲜花！

晚饭后和妻子去公园锻炼，春天的气息已经很浓了，树尖上都已经长出小芽包，等不及几天，就会像爆米花一样爆出一朵朵鲜艳的花精灵来。

妻子说："我要去买几件鲜艳的衣服！"

一向素雅的妻子，怎么也俗气起来？我充满疑惑。

妻子说："我只想配得上这春天。"

你有没有那样的时刻，想一个人漫无目的地去一个不知道是什么地方的地方。

想要拥抱陌生。

反正我有。不止一次。

那样的漫行，是属于灵魂的乌托邦。

你问我哪里的风景最好，你问我想带你去什么地方。我说，我想带着你去迷路。不要出口，在森林里住下。

或者，带你去乌有之乡。就像真正的香格里拉是乌有的，它在人的心上。每个人都有属于自己的乌有之乡，那是灵魂的桃花源。

去那乌有之乡，去脱离，去洗净，去获得鸟一样的自由。

山路上行走的人，不外乎那么几类：已经生了病的人，要锻炼，让自己康复；怕生病的人，锻炼身体，爱惜自己；胖子，忙着减肥；瘦子，担心自己胖起来。

而在我的思想里，一个人胖和不胖，完全不是脂肪的多少。活着的人啊，只有用真理束腰，看上去才会显得苗条。

沿途，下水道的井盖都盖上了红纸，我知道，又有一对新人，要打此路过。这是多好的事啊，我忍不住轻触了一下那红纸，我想沾沾喜气。

属于春天的，就任它璀璨；属于海洋的，就任它汹涌。

热闹的街市旁的丁香花落得早，山路旁的丁香，依然盛开，久久不落。

大概，闹市区的丁香，沾染了太多人的味道，那香气便也俗了吧。

风中飘荡的虞美人花，仿佛把美人与末路英雄的对话吹送到我的耳边——"做不成你的虞姬，就开成你金枪上的一点红缨，或者，你剑锋上的一滴血吧。"

杏花是姹紫嫣红里的白，像旧时烟花巷里的女子手中的白手帕，那么肆意往人身上掸着浓香；桃花是姹紫嫣红里的粉，像醉了酒的少妇，风情万种。

妻子看了这段话，愠怒道："不喜欢你为了抬举某一种花而贬低另一种花，在我看来，所有的花都是美好的，它们那么努力地绽放，毫不保留地释放着芳香，多么令人感动，怎么竟换来你这样的描述？"

我的愧疚让脸红了起来，是啊，出名和不出名的花儿们，都是美好的，都是不容践踏的。脸上的这朵火烧云，提醒我，至少到现在，我还没有配得上这春天！

第四辑

心中有爱，万物芬芳

走进白菜的心里

秋天到了，东北的街头小巷有两样东西格外多，一是密密麻麻的"花大姐"，在墙上埋头织着一张巨大的花毯，在阳光的余温里苟活；二是卖白菜、萝卜和土豆的人，精气神儿倍足，吆喝声此起彼伏，把日子搅和出许多热闹的光景来。

因为可以选择，所以每次买白菜，我都要进行一番比较，挑品相好的，个头大的，硬实的，这样的白菜心儿抱得紧，好吃，也放得住，可以吃得时间久一些。我会趁着卖菜人不注意的当口，就势抖落几片白菜帮儿，至少可以掉几块钱的秤。

精打细算总是好的，那是帮你看管好日子的一条忠犬。

也有例外，有一对卖白菜的中年夫妇就蔫巴着蹲守在角落里，男人低头抽着闷烟，女人也不吆喝。两个人又黑又瘦，无精打采的，看不到一点儿生气。问其缘由，才知道他们的秤刚刚被城管给缴了去，因为他们在不允许卖菜的地段卖了菜。城里的禁区太多，条条框框也多，他们就像晕头转向的羊，不知道哪里可以站立，哪里可以坐下。一颗热切的心被泼了冷水，就像饱满的白菜，没来得及收割，早早地就遇了霜寒。

"赶紧去交点罚款，把秤赎回来，接着把白菜卖了吧。"我劝着他们，"看，你们家的白菜多好，每一颗白菜心儿都抱得那么紧。一会儿就能卖完。"

许是受了我的鼓励，那蹲着的男人站了起来，掐灭手上的烟，直了直腰，找城管去了。

我注意到那个女人，自始至终，没离开她那些白菜半步，时不时地给它们盖盖被子，好像照顾着自己的婴孩儿，怕它们着了凉似的。这样的举动让人很不理解，天气还没冷到那种程度，即便是很冷，白菜们也不至于那么娇贵，它们差不多是蔬菜里最朴实的一种了。

但是那一刻，我理解了。

前几天刚刚看到一则简短的新闻：一个骑三轮车卖白菜的妇女被一辆轿车撞飞数米，落地后爬起来淡定地捡菜。这个短新闻的重点在于"淡定"二字，这出乎很多人的预料，因为在生命还没有确保无虞的情况下，一棵白菜竟然还受到如此"重视"！

那么多的不解，是因为，我们没有走进白菜的心里。

廉价的白菜，别说一车，就是几十车也比不得她狠狠地索要一笔赔偿吧。可是她的生活里，一直以来，就只有白菜，她常年卖白菜，靠这个营生养活了自己和家人，所以，在她的生命里，白菜这个再平凡不过的事物，是和她相依为命的。

别人不懂一颗白菜的重要性，而对于她来说，白菜对她是有恩情的。

收割白菜的季节，精神饱满的白菜最早被运走，赶个好价钱。最后剩下的白菜，人们称之为"扒拉棵子"。没抱成心儿，单薄得很。它们中有一些被主人收回家放到大缸里腌了酸菜，另外一些实在不入眼的，只好在大地里度过寒冬了，等待着牛羊们来啃噬。可是不久之后，剧情就反转了，城里人喜欢上了冻白菜的口味，把冻白菜用开水焯一下，炸点儿肉末酱，蘸着吃，味道极好。这下，大地上可怜楚楚的"剩女"们又一次得到了大批量待嫁的好机遇，纷纷走进城里人温暖的厨房。

卑微的人，就如同这白菜，饱满的、扒拉的，都在广阔的大地里，繁衍生息。被栽种，被收获，或者被冷落，一茬又一茬。

卑微的人，没有见过巨款，没有坐过飞机和高铁，他们眼里，更多的是零钱，靠着一棵棵白菜，他们的零钱也可以攒成很多张大额钞票，但转眼就汇去了很远的另外的城市，那里的冬天不冷，四季常青，那是他们的孩子上学的地方。

那个男人把秤赎了回来，我决定过冬的白菜都在他这儿买了。我很小心地搬动一棵棵白菜，轻拿轻放，不会再轻易抖落一片白菜帮儿。我知道，于我，那只是可以让我少付几块钱的白菜帮儿，可是对于那卖白菜的人，那掉落的白菜帮儿，是会喊疼的。

找不到家的天使

那年，哥哥在山里出苦力的时候被硬物砸断了腿，由于抢救不及时，只好对膝盖以下做了截肢手术。哥哥的小腿被锯掉的同时，也锯掉了他所有的骄傲。

正是青春的大好年华，却遭遇如此不幸！曾经伟岸挺拔的身影消失得无影无踪，取而代之的是哥哥那越走越矮的身影和无数的叹息、呻吟。

哥哥是个自尊心太强的人，他一度很绝望，所有通向光明快乐的通道都因为这条腿而被堵死了，无数次，哥哥想到过自杀。

他屈居阴暗的谷底，不肯再攀登。

哥哥再一次自杀未遂，被我们抢救过来的时候，是在落英缤纷的深秋。在医院的过道上，哥哥碰到一个智障女孩，她站在那里看着哥哥拄着拐杖步履艰难地走路，她的眼光是那种孩子般的眼神，在这样的目光中哥哥一点也没有尴尬，她的声音却让哥哥吃了一惊。在哥哥走过她面前时，她突然对哥哥说："你慢点走啊！"然后还举起两根手指，做了一个胜利的姿势。哥哥笑着对她说谢谢你，她也再没有说什么。哥哥走过去很远，回头看女孩还站在那儿看他，哥哥忽然心有所动，她是让他小心不要跌倒，就这么简单。虽然只是一句简单的话，却是一份陌生的浓浓的关爱。

第二天，在过道里哥哥又遇到了女孩。她正在地上拾捡着一片片落叶，每拾起一片，都会放到胸口，闭上眼睛，口中念念有词的样子。然后就看到她拦住过往的人，像散发广告传单一样散发她的叶子。人们都躲着她走，即使接过叶子的人也随手就扔掉了。她噘着嘴，有些不高兴的样子。哥哥好奇地问她在做什么，她说，我是魔法师，每个叶子都被我许过愿了，谁得到了，谁就会幸福快乐。说完，她就给了哥哥一片叶子，哥哥握着那片神奇的叶子，很珍惜的样子，并连声对她说谢谢。她很高兴，终于有人认可她了，很神气地冲哥哥点着头。哥哥对着她握了握拳，哥哥是要告诉她，他一定会坚强起来。

哥哥后来回忆说，那个女孩让他很感动，她也许不懂得什么是怜悯和同情，但她是真的很关心别人。智障虽然让她的心灵永远无法长大，却使她变成了一个善良的天使。同时也让他坚信，一条腿也可以活得很精彩。

从此哥哥又像从前一样，每个细胞都注满了阳光，变得开朗快乐起来。哥哥手巧，一直喜欢根雕。他雕出的根雕作品个个形象逼真，颇具韵味，令人爱不释手。很多人慕名前来购买，还有人提出要给哥哥投资建一个根雕工艺品厂。哥哥成了我们小镇上的名人，不仅收获了事业，也收获了爱情。

如今哥哥身上散发的阳光的味道感染着身边的每一个人，有人问他，是什么使他在失去一条腿的情况下，依旧开朗乐观。他说他忘不了那个天使般的女孩，是她用最简单的善良给他的生命注入了阳光，让他坚信，即使没有腿，也可以走路。

哥哥经常到那个医院去，有时候会碰上一些为医药费而愁眉不展的穷人，哥哥就会慷慨解囊，尽自己的一点绵薄之力。更主要的，哥哥是想再碰到那个女孩，他要把自己雕的一个根雕送给她，那是一个长着翅膀，手里还握着一个善良的魔法棒的很可爱的小天使。

可是一次都没有碰到那个女孩。但是哥哥并不悲观，他想她一定活得很好，因为天使，就居住在她善良的心里，会保佑她一生平安。

回来的路上，哥哥领着小侄子过马路。一个小男孩在马路中央美滋滋地抬头望着天空，不停地比画着什么。5 岁的小侄子对爸爸说，看，那里有个傻子。哥哥立刻纠正道："这个男孩不是傻子，他只是迷路的，找不到家的天使。"

夜风里的马灯

　　风将所有窗户都关了起来，我担心的夜，终于还是来了。风像一只忠诚可靠的黑狗，伸长舌头，热情地舔抚我内心的荒凉。

　　它穿过灌木丛向我吹来，抖落两颗星星；它穿过坟场向我吹来，它甚至想把那些枯骨从梦里吹醒。那些枯骨里，有一根是祖母的。

　　祖母的离去让我的心头一片灰暗，如同风，抽走我的灯芯。

　　我在那个夜里放声大哭，哭声被风拉得很长很长，好像在丈量，这个世界忧伤的边界。

　　父亲是个基督徒，对祖母的离去看得淡然，他把一切都归结于上帝，人的出生是耶和华的旨意，人的离去是耶稣的召唤。

　　我对父亲眼角没有流出一滴泪而有些困惑，那离去的可是他的母亲啊，如此重要的一个人就那么去了，可是他的脸上却看不出一点悲伤的神情，如此"铁石心肠"，怎能不让人费解。

　　他只管祷告，他说，他在用祷告为祖母送行。

我不懂，只是任性地问，如果有一天，我出了意外，你是不是也会这般，没有一滴泪为我送行？

他愣怔了一下，继而拍着我的脑袋："傻孩子，净胡说，永远永远永远不会有这种事情发生的。"

他一连气用了三个"永远"，用毅然决绝的否定表达着他执拗的父爱，为此，我略表心安。

他一遍一遍地擦拭着祖母的遗像，那一刻，我理解了他。作为一个要承担全部生活重担的男人来说，他只能隐忍他的泪水。

他孜孜不倦地为我描绘他心中的上帝：

"天上的飞机飞得那么高，但里面的驾驶员你见过吗？自来水呼呼往外冒，大晚上的屋里可以亮堂堂，这都是电的功劳，可是，电，你见过吗？轮船在海里飘着，大风大浪也不翻，那开船的你站远处看见过吗……"

我承认，作为一个相当于中级知识分子的车工，父亲的排比句用得虎虎生风，铿锵有力。

我默默不答。

"既然飞机能飞，水能抽上来，灯能亮，轮船不翻，都是因为有个看不见的力量在掌控，那么日升月沉，寒暑易节，花开花谢，这么奇妙的世界能有秩序地存在着，能没有一个伟大的力量在掌控吗？"

父亲说，这个看不见的力量，就是上帝。

这信仰就成了父亲心中的火，我似乎找到了他总是不惧怕黑暗和寒冷的原因，也找到了他总是可以化解悲伤的良方。

而我永远不会把他的信仰装到心里，无论他如何苦口婆心的。我的信仰是父亲，一直都是。

父亲爬上高高的山，采回山药，为我疗伤；父亲，爬上高高的树，摘下果子，为我润喉。

而我只会爬上他高高的肩膀，看远处的风景。

父亲的拐杖高了。其实啊，是父亲的光阴旧了，是父亲矮了。此刻，我想爬上高高的云端，裁下一块手帕，掸他仆仆风尘。

我一度胆子很小，怕走夜路。父亲对我说，一个男子汉要有勇气面对黑夜，要把黑夜作为成长的一个检验。父亲提了一盏马灯出来，对我说："有它咱啥都不怕，走吧！"

我看见那马灯，把火明明白白装在心里，就像父亲把他的信仰，明明白白装进心里一样。

有了这底气十足的马灯，我敢于去走任何崎岖坎坷的夜路。任何大风，也难以把它吹灭。

我低头前行，义无反顾，黑夜只是我众多疾苦中并不显眼的标签，我不惧怕它，就像口吃者不再惧怕一段绕口令，就像五音不全的人，不再惧怕麦克风。

初到这个偌大的城市，就像懵懂的少年，在街边的墙角，被一块丢弃的口香糖粘住了脚，少年的心不明白，这么甜蜜的东西为什么会被人扔掉。这个世界着了魔一般，光怪陆离，我才知道，城里的夜灯火通明，却比乡下黑魆魆的夜更可怕。我探测不出近在咫尺的另一颗心的深度。

我所求无多，属于我的角落不用太大，20 平方米足矣，在偌大的城市，那是巴掌大的一块地皮，像一张过期的并无收藏价值的邮票，却可以承载我心中的热爱。

父亲递过来他的"马灯"——他的祷告。他说："上帝看着呢！甭管别人怎么晦暗，自己一定得亮起来！"

你看，他总能帮我拨开云雾，让我得见心中日月，朗朗乾坤。就像我不再惧怕黑夜，甚至开始喜欢，常常把自己的身子探进黑暗里，如同一头扎进泥塘的野猪，发出欢喜的"哼哼"。

有时候，我真的只需要一盏马灯，照我自己的房前屋后。我在明明白白的心里，装上火，我就是马灯，是父亲从最深的黑夜里传递过来的马灯。

他的祷告是风，会吹平祖母额头的褶皱；他的祷告是风，会吹走祖母眼底的尘灰；他的祷告是风，从来都没有停止过努力去吹亮我的每一个夜晚。

不要给一只鸡取名字

听到《小鸡进行曲》的时候，便有了为小鸡写点什么的想法，那些遥远的有些模糊的记忆便纷至沓来，渐渐变得清晰。

儿时，家里的一只母鸡不愿下蛋，母亲想杀掉它，在这个年里好好"犒劳"我们一回。母亲不敢杀鸡，只好对她的儿女们说："想吃鸡肉就自己动手。"其实我们胆子更小，别人杀鸡的时候看都不敢看一眼，可是鸡肉的香味开始在我们的肚子里翻滚了，不杀鸡就吃不到鸡肉，想吃鸡肉下手就要狠点儿。我硬着头皮准备去"行凶"了，只为了满足一下日渐干瘪的肚皮。

我费了九牛二虎之力，与这只鸡展开了一场搏斗，满头大汗，一地鸡毛。我把鸡摁在木桩上，手里的刀却迟迟不敢落下。鸡在那里不停地蹬腿拧脖，嗓子都哑了。整整一个上午，我的刀子也没落下去，鸡已经累得只剩下半口气了，巴不得我手起刀落，以免去它的苦楚。最后，我运足气力一刀砍了下去，可是鸡仍旧完好无损地奔逃而去。我惊魂未定，再看手上的刀，原来是自己太紧张，把刀拿反了，只是用刀背剁了一下鸡脖子。

鸡没杀成，倒把鸡吓破了胆儿。每天提着一副哑嗓子东窜西窜地躲着我。说来也怪，自从受过惊吓之后，它竟然开始下蛋了，而且是一天一个连着下，从不间断。大概是它也想明白了，哪一天下不出蛋来，哪一天还得挨宰，所以就这么拼命往外"挤"蛋，挤一天算一天。而我呢，鸡肉没吃成，却可以吃到香喷喷的蛋炒饭，幸福的滋味无法言说。

谁能理解一只鸡的悲催。终于有一天，这玩命下蛋的可怜的鸡积劳成疾，一命呜呼。为了表示对它一个月以来每天一蛋的卓越贡献，我们在吃它的时候，为它做了祷告，希望它到了天堂以后不再这么辛苦。

过完年后的某一天，母亲直愣愣地瞅着我，像发现了灵感一样地惊叫道："三儿，咱家那只黑鸭子七天没下蛋了，要不要……"没等母亲说完，我抱着头撒丫子跑开了。

令我记忆深刻的还有一只跛腿的黄母鸡，它是乡下的亲戚送给我们的。送来的时候它的一只脚被绳子勒得太紧坏死了，脚趾都掉了下来，开始我们并没有发现，后来看见地上血迹斑斑的时候，那只鸡已经没了爪子了。家里人都很心疼，我不知道鸡有没有表情，我感觉它一定很疼很疼，对它也就格外优待。

它的适应能力很强，没几天就能用另一只爪子一瘸一拐地走路了，那只残爪在地上一点一点地挪，走过的地方还有着星星点点的血迹，看得我的心都揪了起来。那只鸡是坚韧的，后来的它居然能追能跑能上树睡觉，与常鸡无异。

这只鸡在我家大概待了两三年，我不许任何人杀它。

但它是一只鸡，该来的还是要来的，一天中午放学回到家，发现它还是被宰掉待客了。当时我就哭了，我至今还记得那盛在大汤碗里那只竖起的残爪和蜷缩的身子，那天的鸡我没吃一口。

我不吃自己养过的鸡，也不买市场上的活鸡，我觉得如果因为我要吃它就导致它的被杀是我的罪过，心里会很不好受。

在市场上常常会看到一些自作聪明的小贩，给小鸡崽儿涂得五颜六色，这样的小鸡孩子们买回家后一般两到三天就会死掉，多鲜活的生命，转眼间就凋谢了。而造成它们不易存活的罪魁祸首就是那些花花绿绿的染料。所以不论孩子怎样哀求我买几只这样的小鸡，我都会断然拒绝，因为我不想让孩子把一个鲜活的生命当玩具。

动物和人一样，它们是有生命的，甚至是有感情的。它们活在这个世界上的价值并不是仅仅让人吃、让人玩的。也许我无法成为一个纯粹的素食者，但我会善待我身边的一切生命，它们的存在会让这个世界变得充满温情。

我的朋友办了一个养鸡场，他告诉我，虽然养鸡场里都是些待宰的鸡，但你千万不要给它取名字。有了名字，它就不再是按斤两衡量的利润，而是舍不得拿去赚钱的宠物了。

想想，的确如此。

灵魂隔壁的收音机

被家人扔掉许多次的一台老式收音机，最后仍静静地坐在我的书桌上，做我灵魂的邻居，延续着它古典而又忧伤的风烛残年。

我喜欢在夜里拧开它，并不是为了收听什么特别的节目，只为看那调频窗里一闪一闪的小红灯，它们依然那样神秘，牵动我从童年一路奔跑过来的诸多遐想和思念。

总能感到有什么东西在那里静静地流淌，一团无比温顺的痒？一丝无比惬意的凉？自己仿佛成了一尾鱼，畅快地游在其中，并且找到了家园一般欢呼雀跃，却不再飞翔，而是静静地歇着，一颗流浪的心，一双幻想的翼。

无论你如何喧嚣浮躁，如何追风逐尘，都不得不在那熨帖的深情环抱中把心落到温暖的草原，灵魂如没有根的风，不停地旋转，跟随着变幻莫测的生命，跟随着斑斓璀璨的星光。那里只有声音，纯粹的听觉世界。把电脑关掉，把灯熄灭，告别眼花缭乱的色彩，我闭上双眼，倾听，似乎正在与一位老朋友促膝谈心。当然，这位老朋友寒酸得很，体质也很差，不是"咳嗽"，就是"哮喘"。不过，我终究没有放弃它，它是一位真诚的朋友，尽管在它的口袋里找不到钞票，却会找到一块干净的手帕，擦拭流泪的眼，流血的心，这贫穷的，破旧的，我灵魂的邻居，我依然不忍丢弃，我依然把它唤作夜里的天使。

记得小时候没有电视，父亲每天下班回来，第一件事就是摆弄他的收音机。父亲喜欢评书，每天都会准时收听，不管你有多急的事也甭想叫动他，他的表情随着讲书人的抑扬顿挫变化着，当讲书人一拍惊堂木说"欲知后事如何，且听下回分解"的时候，父亲总是咂巴咂巴嘴，一副没听够的样子。当然，"小喇叭"节目一来的时候，收音机就是我的了。父亲会仔仔细细地把收音机调理得一点儿杂音都没有，他常说："爸没文化，不能给你讲故事，就让收音机里的爷爷给你讲吧。"

夏天，吃过晚饭，夜的黑色丝绸就软软地将我们裹住了。一家人在黑暗中坐着，拢起一把火驱着蚊虫，听着收音机里的"农村天地"节目，不知何时，父亲会悄悄递过来一块西瓜，在井底储藏过的西瓜凉凉的，那种感觉现在想起来真是惬意极了。

"有色非真画，无弦是古琴。"我珍藏这被现代人所抛弃的古董。一台破旧的收音机在我的书桌上静静流淌着经年的往事，一段似水年华，一些不复的光阴，一些可以娓娓道来，一些却是不堪回首。它陪着我度过那么多忧伤的日子，我极力控制着自己的心，不被那声音的湖水浸泡。

谁也无法阻止这幸福之水的流动，它预言着，所有渴望的必然来临，所有告别的必然重逢。静静的收音机，它闪着温柔的光芒，摄人心魄，撩人情思，那温柔来得那般迅疾，让你无从躲闪，那悲伤来得那般猛烈，让你来不及覆住那些遥远的伤口。

当我为稿纸上的睡莲画上最后一个花瓣的时候，我知道，这寂静的夜是我的，这来自心灵的声音是我的，再没有人能将它夺走。我与它渐渐融为一体，像一根干干净净的蜡烛，流着泪水不停地走动。我盯着那一闪一闪的小红灯，它依然那样神秘，我依然相信它能带给我母亲的消息，母亲在天堂，离我的距离是 365 天 8 小时 35 分钟。

电脑在我的左侧趾高气扬，它存储着几仓库的信息量，它轻蔑地舞动鼠标，在屏幕上显示出一行文字：衰老了就安息吧。

或许是电脑的嘲笑中伤了它，它从此一言不发，无论我怎样安慰，怎样叩它的心扉，它始终沉默着，只有调频窗里的小红灯依然一闪一闪的，像永不熄灭的童话。

我没有刻意去修理它，我想它沉默自然有它沉默的理由，比如心灵受了伤。它让我想起了父亲，自从母亲去世以后，父亲的话就很少了，我们绞尽脑汁，也无法使父亲从悲伤中挣脱出来。

父亲闲不住，就替我们打扫房间，用亲情擦拭屋子的每一个角落。冰箱、家庭影院、电脑，这是一个用现代化包装起来的家，可是我的书桌上，有一台破旧的收音机，显得有些另类。然而，父亲每次在擦拭它的时候，都会在那里静静地待上一会儿，他感到了某种亲切，他一边擦着一边在嘴里念叨：这孩子，还行！顺道就把它修理好了。

我不清楚这一句"还行"是什么意思，但我真切地感受到了父亲踏实的呼吸，这是一种称许，大概是因为我善待着老去的旧物的缘故吧，就像在一大堆新潮的婚纱影楼里拍的照片中赫然珍藏着一张发黄的遥远年代里的照片一样。父亲说，原子弹试验成功的消息是从这里面听到的，毛主席去世的消息也是从这里面听到的，一台普通的收音机，曾经牵动着多少人的心啊！

这普普通通的收音机，一直住在我灵魂的隔壁，它是我朴素的邻居。

父亲生日那天，我给他点播了他曾经最喜欢的评书，沉默了许久的收音机就这样和父亲一起重新走进了生活，重新开始了喋喋不休的快乐的唠叨。

白岩寺空着两亩水

这个春天，有一个人通过一首诗告诉我，白岩寺空着两亩水。

白岩寺空着两亩水
你若去了，请种上藕

我会经常来
有时看你，有时看莲

我不带琴来，雨水那么多
我不带伞来，莲叶那么大

——刘年《离别辞》

星期天的下午，阳光明媚而慵懒，瘫散在我的书房地板上。我像一株植物，在这堆懒散的阳光里枝繁叶茂。

我被这首诗的美好打动，在一首曲子里缓慢起身，抖了抖假日里积攒的尘土，影子多么肥沃。

他不说雨水如琴，他说他不带琴来，雨水那么多；他不说莲叶似伞，他说他不带伞来，莲叶那么大。这就是诗句的妙处所在，足够撩拨春天里所有的心。

这是一首关于离别的诗，可是我看到更多的，是它的明媚。离别的伤感被一朵莲轻轻地，移走。

莲是唯一有思想的花吧。它同时寄寓着爱和梦，一会给我披上火焰，一会给我泼上冷水。它不会因被摘取而封闭自己的幽香，人们却会因为小小的损失而关闭善良；它不会因为被风吹落而哭泣，人们却会因为不被理解而感到伤痛。大约这是因为它只经过生命，人们却想留下更多；它只管盛开，人们却强求幸福的达成。

小美之失于大美之无碍，犹如滴水出海，一切自我折磨之情感的悲戚心怀，在更大世界及更久远的时间里，也不得不缩小到一种自嘲的罅隙中去！

我总是迎风流泪，有时候是因为风里灌了沙，有时候是因为看久了落日。有一次，是因为看到你，和另一个男人穿了一模一样的风衣。

你们在风里牵了手，你们怕风把彼此吹散。

风里有毒，让我迅速衰老，可是记忆，却没有一丝衰退的迹象。

我的眼睛不好，每次一家人一起吃饭，母亲总会不自觉地把动物的眼睛夹给我。

我吃下一只鱼的眼睛，以为这样，就能看见大海的深邃，看得见一颗石子，怎样在贝壳的怀抱里，磨砺成珍珠；

我吃下一只羊的眼睛，以为这样，就能看见天空的辽阔，看得见一颗星星，怎样在夜色的掩护下，拥抱了愿望。

白岩寺空着两亩水。它让我有一个冲动，想立刻动身，去一趟白岩寺，只为看看那朵莲，是在打坐，还是在打着瞌睡。

我想我若去了，一定会与它们对望，久久无语。怕有眼泪落下，不知佛手可否会替我拂了去。

我爱上这朵诗中的莲，这一瞬间产生的感情，想要倒退回去摘干净，恐怕是不能了。生命中的美就是这样，遇见，说不易也容易，比如此刻，在你不经意间，靠你想象的翅膀，也能飞抵白岩寺，去会晤一朵莲花。

我把自己想象成一个十七岁的少年，在白岩寺的墙壁上，刻满一个女人的名字。出家前，我要好好爱上一回，然后让佛庇佑我的心上人，让她嫁给一个好男人。

当你特别爱一个人的时候，更多的，会选择沉默。那面墙，是我后半生里最美好的事物。我可以对着它，说佛理，说永恒，和欲盖弥彰的思念。

那个女人的名字，叫莲。

或楷书或行书或草书的满满一面墙的莲，不论冬夏，都开着。

那是我的梦。

我不知道这想象中的少年的最后，能否功德圆满，我只知道爱是纯粹的，滴着露水，沾着月光。爱是手心里的莲，苦得妙不可言。

我知道那个独自取暖的梦在人世的干扰与挫折中，会承受多大的压力和委屈；我知道无论一个梦是否能实现，当它存在于人的生命中时，它就已经给了生命不一样的意义和希望。我还知道，明明有梦却黯然放手，会造成人生多深的苦痛和忧伤；我更知道，对于许多生命来说，它时常可以从中汲取热情和力量，可以随时从中获得安慰和放松的，可能并不真的是身边某个人或某些物品，而是自己心中那个最深情的梦。因为它在这个生命的身体里，灵魂里，和这个生命的岁月一直相守，是生命的一部分，在不可见的空间里，与我们不离不弃、相偎相依。

日子像流水一样，所有的人，都在里面清洗着自己。我愿自己，终能寻得那样一个梦。

虫子从高处坠落，这一觉睡得好长。这是睡到了自然醒，还是被惊扰了美梦呢？看着那个虫子着急忙慌地跑，我竟不忍心伤害它了，让它逃之夭夭吧。

这多像眼下的人生。其实，你随时都可以上岸。这人生的大河狂风巨浪，似乎将你置于无尽的惊险之中。而其实，每时每刻每一点，你都可以上岸的。关键是，若你的欲望在水里，岸就从来算不上一种选择！

也因此，聆听一些人的滔滔不尽的苦恼，多数情况是不必提出什么建议的。因为他们的乐趣也在那形容不尽的哀叹中。岸或船，都不能渡走他们已经溺水的灵魂。

我又翻开日记本，看两眼之前那张写满我的无望与委屈的纸，轻轻将它撕掉。明天我一定会被早早叫起，实在没有精力再在已经失去的东西上寻找什么意义了。在春天，一切还来得及。山已染绿，蓓蕾初绽，燕子啁啾，似乎也懂得人的好心情。我们该哼着小曲儿，清点太阳底下发生过的好事情，祈祷接下来的岁月，想遇见的人和事儿。

我的心，也空着两亩水。谁来，为我种上藕。

永不愠怒的滑梯

那是我见过的最可爱的母子俩了吧。

最近几天下了很大的雪，公园里堆出一个大大的雪堆来。每天下班回家，我都要从公园里穿过。那天，我看到一个母亲领着一个八九岁的孩子放学回家，我看到那个孩子"噌"的一下就跑到了雪堆上去。由于每个路过的孩子都喜欢上去打滑玩，使它变成了一个天然的大滑梯。

孩子跑上去滑下来，再跑上去再滑下来，如此反复，而那个做母亲的就那么耐心地微笑着，看着她的儿子"淘气"。

那孩子可爱极了，欢天喜地地玩着，令我忍不住在不远处停下了脚步。

"天冷，咱们早点回家吧，别感冒了。"母亲终于开始催促孩子。

"妈妈，你让我再玩一会儿吧。"孩子恳求着。

"那就再玩会儿吧，不许把帽子摘下来。"母亲应着。

孩子便又玩了将近一刻钟的时间。

丈夫打来电话，询问她们娘俩为什么还没回家，她柔声地回着丈夫："孩子在玩呢，一会儿就回家了。"

终于，母亲第二遍催促孩子，孩子有些恋恋不舍地跟着母亲走了，走了大概10步远的时候，孩子转过头，又看了一眼那高高的"滑梯"，对母亲说："妈妈，我还想再滑一次。"我猜想再好脾气的母亲也该动怒了吧，可令我大感意外的，那母亲竟然"嗯"了一声，然后就那么美滋滋地看着她的孩子冲锋陷阵，又一次对那个"雪山"进行了征服。当然，孩子食言了，滑了这次，又滑那次，终于玩累的时候，天也渐渐黑了，这才主动和妈妈走掉了。而在这期间，母亲就那么一直在雪地里站着，微笑地看着，没有半点的不耐烦。

这算是母爱的一种吧，很固执、很死心眼儿的一种，耐心地看着孩子一遍遍地玩着相同的游戏，却不愠怒。这里固然有好脾气的缘故，但更多的是源于心底那份无私的爱。我想到我平时对孩子的苛刻，除了学习还是学习，小小的心灵似乎从出生开始就被套上了枷锁，纵然孩子的心是长着翅膀的，怕是也飞不起来的。

明天是周末，我要带孩子去滑雪，这里就当成是第一站吧。

这样想的时候，手机响了，妻子的饭菜都做好了，问我在哪里，我告诉她，我找到了一个宝藏。

心中有爱，万物芬芳

在网络上认识一个女孩，爱笑，爱旅行，爱摄影，经营着自己的小店铺，过着自己的小日子，芬芳四溢。

可是我看到的只是她在朋友圈里的令人羡慕的生活。后来才知道她的父母早早离异，她和母亲相依为命。后来母亲去世了，父亲有了自己的新家庭，她便开始了一个人的生活。

如果苦痛是衣衫，那么她就当作内衣去穿，不为人知的酸楚，她一个人独品。我问她是否怨恨她的父亲，她说，何必呢，怨恨只会让自己更冷。

一个患了重病的小男孩，家人无钱医治，含泪办理出院。主治医生百般纠结，最后决定让他们和医院签订一份长达 30 年的还款协议，每月还 200 元。孩子的命保住了。小男孩出院后，靠卖晚报挣些小钱帮着父母还款，每天都会抽空跑去医院，去主治医生的办公室扔下一份当天的晚报，转身就跑。

他用自己微不足道的举动，报答着医生的救命之恩。由爱产生的对流，在医院的走廊里盘旋往复。

电影《永恒记忆》里真实记录了瑞典第一位摄影家的故事。20世纪初的瑞典社会动荡，物质与精神生活双双匮乏。玛拉·拉森是家庭主妇，操持着不富裕的家。一次偶然的机会，她在去照相馆变卖一部在购买奖券时得到的相机时，遇到了生命中另一个重要的男人——照相馆的老板佩德森。在佩德森的劝说下，她尝试着拿起相机，从此，透过镜头，她进入了另一个世界。与男人们通过暴力对现实表达不满不同，这个经受了太多家庭暴力和屈辱的女人，用镜头去寻得心灵的另一份宁静。自从拿起了相机，她突然发现，她可以控制镜头对向何方，控制审视生活的距离，控制镜头涵盖的人群。她突然发现，生活原来是可控的。从此，她的精神世界改变了，她快乐地生活，甚至对丈夫的出轨与否都感到无所谓。虽然小小的镜头让她面对的依然是这个保守的城镇，大男子主义控制下的家庭，但是又让她得以超脱这一切。

老绅士佩德森出场不多，但他在玛拉·拉森几次绝望时都给予一种恰到好处的救赎："人打开了一条通道，是无力回头的。那是个值得你记录的世界，它是永恒的。"佩德森甘愿做玛拉·拉森的模特，和他家里忠实的老狗一起。他鼓励玛拉·拉森："你拍得真好，我和我的狗越来越像了。"

慷慨、热心、温和、宽容……这些人性之爱，正通过玛拉·拉森的镜头，淋漓尽致地涌现出来，流经许多人的心田。

蔡澜先生写过一件小事：他去一家餐厅吃饭，看到一个小伙扮成小丑，用气球扎出各式各样的动物图形，把来吃饭的孩子逗得很开心。他每周来两次，每次 1 个小时，一次 700 元，这只是他的副业，他的主业是送快递。蔡澜先生问他怎么学得的这一手绝活儿，他笑着说，自学，买书自学，多试几次就会了，可以增补收入，还能让别人开心，何乐而不为？蔡澜先生佩服不已。这个小伙如果只是抱怨工作太辛苦，整天愁眉苦脸，那么他的生活过得怎样就可想而知了。

这个扮小丑的小伙内心塞满了爱，抱怨就没有地方落脚了。事实证明，抱怨是最无用的行径，当你不停地抱怨，不停地祈求上帝帮你实现这个愿望那个愿望的时候，你可曾想过，上帝不是你家的保姆！

这一段时间发生很多事，清晨还在问候的邻居傍晚就驾鹤西去，几个年纪轻轻的同学生病住院，家人出了车祸，险遭不测……生命中太多的猝不及防，让我们无从躲闪，疲于应对。我们唯有谨小慎微地去爱，如履薄冰地去珍惜。活着就要寻找属于你的幸福和快乐，想走的时候，脚下有路；想歇息的时候，头上有荫；回家的路上，有一盏灯；到家的时候，有一个拥抱——这就是幸福。晨跑时遇到一只可爱的小松鼠，和我对视了三秒。昨天我自己做了烧鲫鱼，味道还不赖。同事小胖支持的球队赢了，热情地拥抱我庆祝。看到一个很好笑的笑话，皱纹秒增三条半——这都是快乐。它们很小很小，小得如同尘埃里，一只蚂蚁的触须。

罡风来袭，我们不做被命运流放的纸片，要做有生命的蝴蝶。这无常的风，永远无法将我们吹跑，只要心中有爱，就可以牢牢地钉在这美好的世界里。

心中有爱，万物芬芳。

每朵雪花都有一颗尘心

一场雪，使冬生干净无比。那些龌龊的恶念一下子从他脑海里跑得没了踪影。

而在那场雪降临之前，冬生的心一直被它们纠缠着。他紧张地尾随在一个女人身后，像个瑟瑟发抖的幽灵。一路上人很多，他苦于找不到下手的机会。女人走进巷道的时候，天渐渐暗了下来，冬生把手伸进怀里，摸了摸他的匕首，他想，该动手了。

那个女人是一个大型公司的策划部经理，冬生的顶头上司，冬生尾随她的目的，就是要报复她，因为她毁掉了自己的前程。由于冬生自己不小心，被同行的公司利用，中了圈套，泄露了公司的机密，女上司对他发了狠话，铁了心要解雇他。他被断掉希望，大好前程一下子就塌陷了。这不仅仅是他一个人的灾难，更是父母乃至全村人的灾难，因为他是村里唯一一个在大城市里过得风光无限的人。每次有老乡来这里找他办事，他都会爽快地替他们办好，搭钱搭力搭时间，他没有怨言，因为老乡们满足了他那颗虚荣的心：他是全村人的骄傲，承载着父母和全村人的无限期望。而现在，镀在他身上的那些光辉慢慢褪去，渐渐裸露出一颗卑微而猥琐的心。

他恨他的女上司，恨得直咬牙根，他想着报复。只要灭了她的口，就不会有人知道自己犯下的那个低级错误，他就会继续过他的白领生活。

"不让我好过，你也别想过好日子。"这是冬生现在满脑子想的问题。可就在他掏出匕首的时候，天上飘起了雪花，他心底的仇恨不自觉地躲闪开来。因为母亲和他说过，他是被雪接生的，所以他对雪有一种格外的感情。他出生的那个冬天，下着漫天的鹅毛大雪，使生活窘迫的家更是雪上加霜。母亲却说，那些雪是好兆头，是为了护送他才来这个世界的。那天，自来水冻坏了，父亲便从外面端了一盆盆的雪，化成了热水，把他顺利地接到这个世界。从此，雪在冬生的生命里就有了深层次的意义，每次下雪，都是他的心最柔软的时候，那些六角形的小花瓣，被他在灵魂深处小心翼翼地珍藏着，不容玷污。每次见到雪，他就像见到自己心爱的女人一样，变得格外温顺，哪怕是天寒地冻，也都令他格外温暖。

"我不能，在这么洁白的雪上，留下自己肮脏的脚印。"雪越下越大，渐渐触及了他的灵魂。冬生打了一个冷战，在心底对自己说："自己犯了错，自己就应当承担。一切还可以重新开始。"

他扔掉了匕首，如释重负。

女上司回头看到了他，有些惊讶。请他到家里坐，他手足无措，只想快些逃离。

"今天我的情绪有些激动，下午我一个人坐在办公室里想了许多。虽然你犯了一个很低级的错误，但你也是受害者。这些年，你为公司做了很多贡献。如果你不怨恨我的话，还是回来工作吧，我们需要你。"

冬生呆立在雪里，不敢相信眼前的柳暗花明。这时的世界，万千色彩都凝聚成白色，所有的激情都躲进门槛。那些来自物质社会的欲望和烦恼都被雪埋掉，只剩下心脏的跳动和灵魂深处久久无法散去的愧疚。

传说每朵雪花都有一颗尘心。雪化掉了，那颗尘心就留在了人的身上。像一粒种子找到了泥土，在尘世热闹而朴素地生长。不知道雪花是否会为失去自己的翅膀而哀伤，反正现在它是不想飞回雪花的来处了。它想，那里一定是冰凉的天堂，比不得这万象更新的人间。

这场及时的雪，使冬生笃信：雪落到尘世，是来装扮人心的。

如果不是这场雪，他会犯下多深的滔天大罪啊！冬生不禁打了个激灵，感到后怕。他断定这场雪是来拯救他的，如同当初为他接生一样，让他的灵魂重新诞生了一次。

雪，清扫了一颗阴霾的心，布置了一个里里外外的坦诚和纯洁的世界，让一双黯然的眼睛从中找到了希望。

雪，会在傍晚消失，被雪鼓舞起来的心，却灿烂在这个世界之上，永不融化。

活着的气质

表姐家孩子 10 多岁的时候，个头超过了一米二，按理出去旅游就该买票了。可是她为了省钱，在给孩子测量个头的时候，总是让孩子不自觉地往下蹲一点儿，这样，逃过了很多次检票。

表姐沾沾自喜，可是久而久之，孩子总觉得自己矮人一头，不自觉地，头总是低着。从此，这个孩子变得自卑、自闭，学业无成，只能打点儿零工，快四十了连个对象都没有。

虽省了几次票钱，却让孩子起步的时候，就输掉了活着的气质。

周国平说："茫茫宇宙间，每个人都只有一次生命，都是一个独一无二、不可重复的存在。名声、财产、地位等是身外之物，人人可求而得之，但是没有人能够代替你再活一次。意识到了这一点，你就会明白，在如何活的问题上，你必须自己做主，盲从舆论和习俗是最大的不负责任。在人世间的一切责任中，最根本的责任是对你自己的人生负责，真正成为你自己，活出你独特的个性和价值来。"

有人问阿甘："你以后想成为什么样的人？"阿甘说："什么意思？难道以后就不能成为我自己了吗？"

阿甘的回答，让多少人汗颜。

成为我自己，这多么壮美！

妻妹前几天和我提起一件事——

毕业 20 年同学聚会，大家谈起班级里最贫困的两个人，他们在同学这里的待遇完全不同。

其中一个是李同学，他走到哪儿，那些发达了的同学都愿意拉他一把，有什么好差事都愿意先想到他，就因为他虽然遭遇很多不幸，但是一直都很努力地生活，从来感觉不到自己低人一等。他不卑不亢的性格，也令同学们肃然起敬。

另外一个是王同学，他家的条件明明可以更好一些，可是他不思进取，沉溺赌博，输了个一穷二白。老婆孩子对他怨声载道，他自己也是破罐子破摔，邋遢着，懒惰着，每天把自己喝得酩酊大醉，醉了就痛哭流涕，觉得对不起老婆孩子。可是，忏悔只停留在嘴上，从不见他半点行动。

有个同学生意做得很大，很有能力，帮李同学在附近的矿山谋了一个差事，做个小领导。李一番感谢之后，倒也没拒绝，他觉得自己一定要把工作做好，不能辜负了同学的一片好意。

王同学自然是没人愿意去理睬的，没了赌资，无事可做，他就去找李同学。李同学碍于情面，只好让他留下，尽量找一些轻松点儿的活儿让他干。因为同学关系，本该相互照应好好工作，可是无意间的言谈中，李同学了解到，王同学有点动机不纯，他的目的是有一天能死在这个矿山井下，好获得一笔赔偿给老婆孩子。

李同学说："咱同学把咱安排到这了，咱就得使劲儿干好，对得起咱同学，咱不能前面走后面被人戳脊梁骨。你这想法本身就不对，所以我不能留你在这工作了。你要是死在这里，我这辈子心都不安，我不能见死不救，对不起你。我也对不起安排我工作的同学，他信任我，让我管理，可我不能给他找个大麻烦进来。"

贫穷不怕，怕的是你的心也跟着贫穷了，那样的心是瘦瘠的，没有营养的，种不出一棵向日葵来。

都是贫穷，王同学弯着，矮了。可是李同学却一直挺着腰身，有气质地活着。

个子矮小，并不影响你的伟岸。人生很短，你可以把影子抻得很长。为他人留下珍贵的记忆，在他人心中点燃一把火，都是你在这个尘世积下的大美的德行。

因为人活一世，活的不仅仅是脸面，还有背影。

依 靠

父亲前列腺增生做了手术，住院的时候，我们几个儿女轮番陪护。母亲每天都要来，她身体不好，每次来都很费劲，来了之后，也不和父亲说什么，就那么长时间地坐在父亲的病床上，偶尔困了，还会打起盹来。

妻子看她来了也是遭罪，不让她来，她却早早就把自己收拾妥当，非来不可。妻子不理解，我说，父母一辈子都没分开过，他们可以一整天一句话都不说，但必须彼此能够感受到彼此的呼吸。

这就是依靠。

这是他们一生的习惯了：一个烧火，一个做饭。

我们吃的每一顿饭几乎都是父母合作的。

有一次，父亲因为去别人家里帮工，没有给母亲烧火，结果母亲做出的饭就煳锅了。

还有一次，母亲不在家，父亲笨手笨脚地自己一边烧火一边为我们做饭，结果忙得满头大汗，饭却做得一塌糊涂。

当屋子里没有食物的香味，我知道，父母不在。

当屋子里重新有了食物的香味，我知道，父母回来了。我迷恋上屋子有食物的香味，那样会让我踏实下来。

每次母亲做饭，父亲都会在灶膛边蹲下来，一根一根地往灶膛里添柴火，那火光映到父亲的脸上，像镀了一层灿烂的霞光。他们有一句没一句地唠着家常，张家长李家短，闲言碎语串成了他们的一个个简单的日子。

父亲烧火，母亲做饭，这就是他们单一的爱情，最简单的幸福。

这就是依靠。

赵伯又上路了，风雨无阻。跟在他那疯疯癫癫的婆娘后面，丈量着贫苦琐碎的光影流年。他不知道他这辈子会跟着她走多久，他只知道，他必须跟在她身后，做她的一把伞，一根拐杖，或者是一树荫凉。

是从他们的儿子在矿难中丧生开始的，阿婆开始疯癫。开始到处游走，走到哪里，都要问："看到俺儿子了吗？"

阿婆见到什么都想买，赵伯只好当面给她买下了，回头又和卖主赔着笑脸，把东西退回去。很多时候是退不掉的，所以，总能在大街上看到这样的景象：阿婆在前边兴奋异常，引吭高歌，而赵伯跟在后面，拎着大袋小袋，汗流浃背。

阿婆在夏天也会围着头巾，穿着厚厚的呢子大衣。令人奇怪的是，看不到阿婆流汗。倒是跟在后面的赵伯，穿着个背心还大汗淋漓的，仿佛天上的太阳故意为难他，往他的身上多拨了几朵火焰似的。

每次见到他们，我都会远远地就打招呼。阿婆照例还是千篇一律的那句：看到俺儿子了吗？赵伯则憨憨地对我笑笑，不说什么，脸上亦看不出悲苦。

终于，有一次我忍不住劝赵伯，不如送阿婆去精神病院吧，你也好歇歇。赵伯摇摇头说，不妥，现在这样很好啊，我一点不觉得累。在家里窝着也是一天，在外散步也是一天，还能呼吸到野外的新鲜空气，看看没有被污染的云彩，顺便欣赏欣赏山里的风景……一辈子没陪阿婆郊游过的赵伯，把这些当成了是对阿婆的弥补。

我看到赵伯握着一束山花，那灿烂的花，握在他苍老的手心里，显得有些格格不入，却又那么自然。

后来的一个早晨，我看到了赵伯心急火燎地走着，手上拎着一袋子新买的棉花。我问他怎么没见到阿婆。他说阿婆快不行了，看来这次要真的走了。他买了很多棉花，他说阿婆一辈子都怕冷，要给她做件厚厚的棉衣。

"走吧，让她能够暖乎乎地上路。"赵伯说这些的时候，脸上依旧没有悲苦的颜色，只有淡定、从容，仿佛前来引领阿婆的不是死神，而是幸福。

赵伯就这样陪着阿婆，慢慢把苦难的人生走尽。

这就是依靠。

邻居一对老两口几乎同时去世，前后相差不到5分钟。

那是发生在我身边的关于两个残疾人的真实故事：

他是一个孤儿，或许是因为自己残疾，父母将他遗弃，或许是别的原因，反正他不知道父母在哪里，也不知道自己姓什么叫什么。有人问起，他就干脆叫自己"吴名"。从懂事的时候开始，他就与垃圾为伍了。每日里在一个个垃圾箱里翻来倒去，捡拾些可以卖钱的东西，艰难度日。15岁的时候，他在一个垃圾箱旁看到一个十几岁的女娃，在那里翻垃圾吃。他有些心疼，就带她回了他自己的小窝棚里。从此，他就像对待自己亲妹妹一样地照顾她。

女娃有点轻微的弱智，而他瘸腿，这两个被苦难腌制的生命，从此谁也离不开谁。

如果捡到了一点好东西，比如别人吃剩的半截火腿肠或者破碎的茶蛋什么的，他都舍不得吃，给她留着。她也是，捡到了好东西也给他留着。有一次，她在另一个垃圾箱里捡到了半瓶酒，她兴奋地跑过来，递给他。那是他生平第一次闻到酒的味道，很难闻，但他不明白那些男人为什么喜欢喝酒。他尝试着将它们喝了下去，结果醉得不行，她费了好大的劲才把他拖回家去。

女孩一点点长大了，到了谈婚论嫁的年龄。没想到，她哪也不去，就认准了他。她说，要嫁也是嫁给他。就这样，他们结婚了。

靠着捡垃圾，他们竟然一点点盖起了自己的房子，虽然很简陋，但毕竟是自己的。他们有了自己的孩子，孩子是健康的，他们依旧是靠着捡垃圾把孩子供上了大学，参加了工作。苦了一辈子，到了该享福的时候，两个人却一起离开了人世。

他们一辈子形影不离，哪怕是死，仿佛都约定好的一样。

这就是依靠。

第五辑

我打扫天空，
你邀请太阳

忧伤的质量

看综艺节目《歌手》，李健在评价迪玛希的时候说："你的忧伤很有质量。你的眼睛里有光，有不同于你这个年龄的故事，那里面有深深的忧伤。"本来是一句调侃，我却听出了不一样的东西。

忧伤也可以有质量吗？

我想是的。多少美妙的诗和歌都弥漫着忧伤的味道，让我们痴迷不已。

把忧伤变成诗，把忧伤变成歌，这都是有质量的忧伤。

而那些沉沦和下坠，都是没有质量的忧伤。

有的忧伤是蒙蒙细雨，淋着每个人，但我们都知道，这雨终究会停，终究会有一架彩虹横空出世，把你和新生活连接起来。这就是有质量的忧伤。

有质量的忧伤，是不光带给你美感，更重要的是不能带你坠落到深渊。

有质量的忧伤像一盏茶，虽然弥散着伤感的味道，但绝不沉沦，只是那么静静地与时光对峙，这何尝不是另一种意义上的抚慰？

人们善饮忧伤，不是为了最后解脱的醉，而是那忧伤里，浮着沁人心脾的茶香，那不是沉沦，而是拯救。

我想到川端康成的忧伤，那是不可一世的忧伤，令人心碎到骨子里的忧伤，但因他最后自尽身亡，所以我说他的忧伤是没有质量的。

川端康成的忧伤，有时候表现在他的沉默上。三岛由纪夫曾写到川端康成的沉默：跟他对面"被默默地、死死地盯着，胆小的人都会一个劲擦冷汗"。三岛由纪夫说，有个刚出道的年轻女编辑初次访问川端氏，运气很好或者说运气很坏，因为没有其他来客。但川端康成半个多小时拿他那妖气的大眼睛一言不发地盯着对方，女编辑终于精神崩溃，"哇"地伏身大哭。

那张苍白的有些颓废的脸上，镶嵌着一双极度渴望探究人性的眼，那双眼睛是贪婪的，甚至让人觉得它有偷窥的欲望。

川端康成执着于"美"的追求，自然抒写之哀美、女性抒写之悲美、死亡抒写之幻美，构筑成了一个近乎苛刻的唯美义学世界，而他最终的殉美而亡，便是对此的最佳诠释。

如果我的灵魂能与川端康成相遇，我只想问他，那临终的眼里看到了什么，世界的哪一部分还在绽放，哪一部分在慢慢熄灭。

我想，有一点是肯定的，那就是，在即将关紧眼帘的刹那，永恒的美还在缓缓流淌……

但也仅此而已。我不会与他太过寒暄，我回转过身，捻了二两质量上好的忧伤，我要带着，去岁月里浅斟低吟。

我把忧伤看成一种气质。它可以是一种悲天悯人的情怀，可以是对生命的一种敬畏，可以是永无止境地对美的追寻。

阿多尼斯在一首诗中写过：

"但愿我有雪杉的根系，我的脸在忧伤的树皮后面栖息。"

他看出了一棵树的忧伤，那么，他必然也是忧伤的，只是，这忧伤是绿色的，是有营养的，他和树的灵魂彼此给予着深深的激励。所以，他才可以把忧伤豢养在他"孤独的花园"里，有节制地生长着。

忧伤是诗歌的核，那份忧伤是让人浅尝辄止的，而非陷入和沉沦。可是写诗的人，有多少把自己埋在自己的罂粟花田里。特拉克尔、叶赛宁、马雅可夫斯基、茨维塔耶娃、海子、顾城、戈麦……在诗人的史册上，列着一长串的自杀清单，这以生命为代价哺养的忧伤，是没有质量的忧伤，是堕落的忧伤。

你写了再好的诗又有何益？你战胜不了自己的绝望，你的忧伤令人痛惜。你被绝望打败，你的忧伤如凄风冷雨。

一个朋友，年纪轻轻就已经是特级教师，可是有一天，她忽然辞了职，去一个乡村支教。所有人都不解。她说，因为有一天，她看到了那个乡村的照片，照片上的天空，蓝得让人沉迷，还有那蓝天下孩子们的眼睛，那些忧伤得有些绝望的眼神，让她动容。

她说，她要走进那些忧伤里，她要把那些忧伤里绝望的灰都变成渴望的光。

她只不过是遵从了自己的心而已。

她的拯救，让那一大片忧伤变得有了质量。

她在给我的来信中，特意关照了我忧伤的特质——

"你看起来那样忧伤，在绚烂的阳光里这多么不合时宜……你可以忧伤，但不能一滑到底……"

云彩从来不迷路

　　妻的三妹在农村，妻妹夫是个地地道道的农民，每天和土地打交道。他头脑简单，脾气倔强，如果让他认准了一个死理，就是五头牛都拉不回来。

　　几个姐妹中，数三妹家的日子难过，而三妹夫偏偏是个自尊心极强的人，他总觉得别人瞧不起他，有时候我们接济三妹都要小心翼翼地，万不敢让他知道。在他心里，认定了只要有钱就能得到别人的尊重，所以拼命地干，包了很多的地。秋收的时候，有人看见他趁着月亮地，竟然割了整整一个晚上水稻。

　　他的生命中似乎光剩下干活了，除了干活，他好像没有别的乐趣。偶尔会喝点儿酒，但那也是为了能解解乏，睡觉能香甜一些。

　　三妹总是埋怨他像个"闷葫芦"一样，不像别的家男人那样知冷知热，会哄女人开心。每每说到这儿，他也有些愧疚。有时候两个人生气，三妹也动过离婚的念头，可是转念又想，他也没啥别的毛病，就是心眼儿小点儿，凑合过吧。

他不光对三妹像个"闷葫芦"，对自己的孩子也一样。印象中，他似乎从来都没有陪孩子玩过，也没有给孩子讲过一个故事。在孩子面前，他永远板着脸，有时候喝多了酒，也会耍酒疯，无来由的，对孩子说打一顿就打一顿。

三妹家的孩子叫刘小云。我们都管她叫小云彩，孩子刚刚五岁，却像个小大人似的，很懂事。她知道爸爸干活累，有好吃的都让着爸爸吃，也会帮妈妈做一些简单的家务。

我们都很喜欢她，尤其是我这个不管走到哪里，都会和一帮孩子打成一片的"孩子头儿"。孩子们也自是喜欢我陪他们疯闹。有一次，我和孩子们捉迷藏，竟然躲到了岳母家的鸡窝里，被家人好一顿笑话。

假期，小云彩来我家，我领着她去了公园，玩了很多她没玩过甚至没看过的东西。妻子也领着她去商场，买了很多新衣服，把她打扮得像个小公主一样。那几天，她快乐极了，好像是一只被囚禁了许久，终于得到释放的鸟儿一样，蹦着、跳着、唱着，她说城里真好，她真想生活在这里。

我和她开玩笑说，如果让你重新选择，你是让我当你的爸爸，还是让"闷葫芦"继续当你爸爸呢？她却不假思索地选择了"闷葫芦"。

"为什么呢？"

"因为他本来就是我的爸爸啊。"

这真是一个令人啼笑皆非的理由！

"既然觉得这里好，就不要回家了。"我们继续逗着她。

"这里好，可是家也好，我的家有小鸡小鸭，有各种好看的野花，还有爸爸妈妈。妈妈说，听话的云彩不迷路。我要做个乖孩子，我不要迷路。"

不得不佩服三妹，她在那样艰辛的岁月里，却把孩子的心，装扮成一座童话的城堡。

云彩不会因为哪里的天空好就选择到哪里去，云彩不会忘了回家的路，因为爱在它心里，指引着它。

从那以后，我更喜欢她了，这朵小云彩，虽然偶尔飘到我这里，但她的心却朝着家的方向，不管那个家是如何破旧。

因为云彩从来不迷路。

每个人身上，都有一个无法战胜的夏天

那是一个阳光明媚的早晨，一切都是欣欣向荣的样子，地上铺展着毛茸茸的草儿，如果你贴紧地面，一定会听到它们懒洋洋地伸着懒腰，一边埋怨阳光搅扰了它们的美梦，一边感激阳光带给它们暖融融的舒适。草间的虫儿不知道歇息，一天到晚忙忙碌碌，不知道它们的背上驮着怎样的梦想。

多么空旷的山谷啊！蓝天、大地和人，从没有像今天这样，如此和谐地呈现在他的眼前。他想，人与天地本来就是一体的，何必太在意躯体栖息在哪里呢！在这种空旷里，他忘掉了自我，他感到自己就是一粒尘埃，随着命运的风向辗转的尘埃，一粒快乐的尘埃。

美是共有的。看到夕阳落下的一瞬间，林海上浮着的一层光晕让他惊羡，他在心底呼唤着：美啊！

他向山谷轻唤着，山谷回应。

即便他是天才，他也无法用文字将它们描绘，无法用画笔将它

们定格，他只能对着美景轻唤：太美了！除此，别无他法。

本来，他是想从那个山谷跳下去的，他说他的身后，再无可以留恋的人。可是，眼前的美景让他改变了想法，如果跳下去，以后就再也没有机会去欣赏这些美景了，而这些美景，是上天的馈赠，是可以养眼养心的。

一颗置身于冬天的，僵冷的心，就这样慢慢回暖，复苏。

这是一个朋友的心路历程，现在的他，总是对我说："人生是一趟悠长的征途，我们要像石头一样无畏地滚动。"

加缪说："在隆冬，我终于知道，我身上有一个不可战胜的夏天。"在他看来，再凛冽的冬天也无法战胜他，他赤裸着身子，也是燥热的。

季羡林先生在"文革"时期隔三岔五地都要被抓去批斗审讯，还要被迫参与"劳动改造"。红卫兵们带着他四处游行，还对他殴打、丢石头，季羡林糊里糊涂地承受着，也不能反抗。被关进"牛棚"后，他感到"被开除了'人籍'"，一度有过自杀的念头，后来没有自杀成，捡了一条命回来，从此他再没想过自杀，而是坚强乐观地忍受非人的折磨。为了适应不断的批斗，他竟然想出每天站在自家阳台上进行"批斗锻炼"："低头弯腰，手不扶膝盖，完全自觉自愿地坐喷气式，还在心里数着数，来计算时间，必至眼花流泪为止。"

后来，他宽容和谅解了那些痛打和折磨过自己的人。季羡林先生的身上，就有着一个无法战胜的夏天。

　　德国作家君特·格拉斯十六岁应征入伍，对艰苦训练心怀抱怨，却无法发泄。后来他找到了一个好办法，他每天有一个任务，就是要穿越一片树林给连队的大小领袖们带一壶咖啡，他会在一个安静的角落停下来，在他们的咖啡里撒一泡尿。这个日常的小小的报复行动，让他会心一笑，也借此挺过了那些最残酷的时刻。而不像其他人，由于忍受不了这种残酷，用自己防毒面具上的带子上吊自杀。

　　君特·格拉斯曾在采访中谈论到死亡，他称自己随时做好准备离世，同时又对这个世界充满着好奇心，"我的外孙们以后会遇到什么呢？周末的橄榄球比赛比分是多少呢？"

　　这份好奇心就是无法战胜的夏天。

　　生命生而荒谬，挫折宛如瘟疫，而且像黑夜般永不灭亡。但加缪说，这茫茫黑夜就是他的光明。就像他在隆冬依然在身体里盛装着不可战胜的夏天一样，他置身黑暗的身体里，也一样盛装着无穷无尽的光明。

　　"当你需要这个夏天，我会拼了命地努力。"一首歌这样唱道。

　　所以，尘世的人，你要相信，你的身上，也有一个无法战胜的夏天。

　　阳光在那儿，总会照到我们身上。

请用其余的三根弦继续演奏

生活不会等你，但它会迎接你。

我的手，在干净的水盆里濯洗。我的脚，却沾染着人世的尘灰。

这身体，也演绎着尊卑贵贱。比如，舞台上的昂头挺胸。比如，落幕后的卑躬屈膝。

作为一个年近半百的人，越来越信赖手边的老花镜。而对身边的一切，却开始模糊和淡忘。

人岁见长，便越发害怕失去，越怕失去，就越是频繁地发生一些令人猝不及防的事。比如疾病，比如噩耗。

患有阿尔茨海默病的爱丽丝，是电影《依然爱丽丝》中的主人公，她的那一段关于"失去"的演讲，令人印象深刻——

> 诗人伊丽莎白·毕肖普曾写道："失去的艺术并不难掌握。太多事物仿佛准备好，离我们而去。那么这样的失去，也并非灾祸。"

> 我并不是诗人。我只是一个患有早发性阿兹海默症的病

人。这个身份让我开始学习失去这门艺术。我失去了优雅，失去了目标，失去了睡眠；而失去最多的，则是记忆。

我的一生积累了各种记忆。从某种意义而言，它们已经成为我最珍贵的财富。我与丈夫相识的那个夜晚，我初次拿到自己编写的教科书之时；我生儿育女，结交挚友，周游世界。此生积累的点点滴滴，拼命付出后的收获种种，如今都在与我渐行渐远。也许你有所了解，或者你可以想象，这种感觉如同深陷地狱，并且逐渐恶化，越陷越深。

当我们变得与过去的自己大相径庭，还能有谁认真相待？我们举止怪异，谈吐结巴，变得让别人大跌眼镜，甚至让我们自己都感到陌生。我们变得滑稽可笑，变得笨拙无能。但这并不是真正的我们。只是这种疾病把我们变成了这副模样。和所有疾病一样，这种疾病也有根源，有发展，也一定会有办法治愈。

我最大的心愿就是，这种境遇不会在我的孩子，我们的孩子，我们的下一代身上重演。但是至少此时此刻，我还活着。我知道，我还活着。我还拥有我爱的人，我还拥有要在有生之年完成的梦想。我因为自己无力维持记忆而自我责备，同时我也拥有着纯粹的幸福时光。请大家不要觉得我在备受痛苦折磨。我没有遭受痛苦。我只是在奋力抗争，让现在的自己尽量存在于生活，让过去的自己尽量存在于现在。

于是我告诉自己，活在当下，珍惜现在。

......

这是一部讲述"失去"与"拥有"的电影。爱丽丝因为疾病而在慢慢失去她的记忆，从她开篇时风趣的语言运用，继而到单词拼写游戏的失分，将大女儿名字安娜（Anna）错写成安妮（Anne），反复询问家人同一问题，再退化到难以有效诉说想法，继而到无法自如地穿衣系鞋带等。影片中关于阿尔茨海默症病人的细致刻画触动人心，尤其是在爱丽丝手脚不利索却想抱初生孙辈，其女婿略显担忧地询问大女儿的这一幕时，更是让人唏嘘感慨。所幸的是，爱丽丝的家人都向其投以各种关爱、耐心与信任。失去记忆的爱丽丝，一样可以享受与家人在一起的幸福。

如果说记忆是爱丽丝的"失去"，那么爱就是爱丽丝的"拥有"。

谁也不想要一件厄运来披在身上，环顾四周，很多人都在瓦砾堆里奋力往外爬。生命只能靠自己站立。

爱默生说，即使你断了一条弦，其余的三条弦还是要继续演奏，这就是人生。

过去，不过是你弹断了的一根琴弦。

一切都在慢慢失去，那只是证明，你曾经拥有过。

要学会接受"失去"，松开的手，有时候比握紧更有力量。

每个人的生活里都会有烦恼，哪怕再澄明的日子，也有鸡毛和尘屑。那就努力把鸡毛做成掸子，把尘屑撒成沃土！

既然生活的幕布不能放下，那就请用其余的三根弦，继续演奏。

我打扫天空，你邀请太阳

　　勇是我的一个朋友，早些年以精通于"借钱"而闻名。他口才极好，和陌生人见了一面就可能会交为朋友。他的应酬多，免不了要多花钱，靠那点工资总是显得捉襟见肘。他便时不时地向别人借钱，他借钱的办法是，向这个人借钱，一个月后向另一个人借钱来还这个人的钱，然后再向另外的人借钱。以此类推，按照他"朋友"的数量，再轮回第一个"朋友"那里，大概一年也就过去了。因为每次他借的钱也不是很多，所以他几乎每次都不会空手，还闹个手头挺宽裕的。不过，他这样时间长了，朋友们也就看清了他，渐渐远离了他。我是他"以此类推"中的一个，只是，他这样，让我心里很不是滋味。所以，当他再次和我开口借钱的时候，我拒绝了。我想，我是第一个拒绝他的人吧。

　　他显得有些惊讶，他觉得借个千八百块对于我来说不过小菜一碟，不至于让他吃了"闭门羹"，所以瞬间显得有些尴尬。"这样长久下去，对你无益，会使你陷入'借钱综合征'的。"我给他讲了一个故事，"南北朝时，有个北燕国，北燕王高云重用豪侠壮士，最信任离班和桃仁。高云给了他们无数宝物，吃的住的，都和自己一样。离班和桃仁很悲愤，说：我们吃住和他一样，凭啥子他是王？愤怒的二人持剑入宫，杀了高云，然后他们也被侍卫杀掉了……升米恩，斗米仇，太多的付出，有时反而会激发出对方心中的恶。"他若有所思，他的"财富链"在我这里断掉了，虽然对我有些失望，但我的那些话还是在他心里产生了某种影响。

渐渐地，他就改掉了这个喜欢借钱的毛病。没了钱，自然，他那些耗费精神的各种应酬也就少了许多，转而做一些其他的事。他擅长摄影，尤其喜欢拍摄日出，业余时间便去采风，有时候会喊上我。我记得我们凌晨跑到那座山上去等日出，我睡眼蒙眬的，而他却异常精神，把相机调好，时刻等待着那轮喷薄而出的太阳。"不，不是等待，是邀请。"他纠正我，在他眼里，太阳就是他心中的神，他要拿出全部的热情去邀请它。他现在的状态，我很是欣赏，他已经彻底从过去的不堪和阴霾中走了出来，真的如那轮浴火重生的太阳一样，令人刮目相看。果不其然，他拍摄的一组关于日出的照片在全国摄影比赛中拿了大奖！

三分帮人真帮人，七分帮人帮死人。授人以鱼，不如授人以渔。过多的帮助，会使一个人成为处处依赖别人的"废人"，失去生存的能力，终要被社会淘汰。所以，在帮一个人的时候，我们要做的，只是打扫天空，而邀请太阳还需要靠他自己。

"要不是你让我改掉那个坏毛病，这么些年，不知道会变成什么样子呢。"获奖的第二天，勇给我打电话约我喝酒，在酒桌上他感激地对我说。

"这是作为一个真正的朋友应该做的啊。"我说。

"不过，我要是弄个摄影展的话，免不了还是要向你开口借钱的啊!"他故意说道。

"没问题!"我应得干脆。我知道，现在借给他钱，不再是让他挥霍的，而是在帮他打扫天空，帮他扫出一条容得下万丈光芒的路。

然后，请他自己，去邀请那轮生命中的太阳!

某一天的鲁院是蓝色的

如果用颜色来描绘鲁迅文学院（以下简称鲁院），我想那院子里的树自然会给出答案。随着季节的变化，树的颜色也会变，那么鲁院的颜色也在变，要么浅绿，要么深绿，要么鹅黄，要么枯黄，可是有那么一天，我眼中的鲁院是蓝色的。大海一样的蓝色，鲁院的包容；天空一样的蓝色，鲁院的纯净。

荷花池里开了花，还有游动的小锦鲤，我忽略那些亮眼的红色，而格外钟情荷花池水的蓝。

逯春生喜欢拍它们，在他的镜头下，荷花池永远蓝得迷人。他在凝视荷花池的一瞬，那幽静的蓝，也一定在回他以深情的凝视吧。

我愿意把蝴蝶比喻成落叶，有多少蝴蝶飞过，就会有多少叶子飘落。鲁院的蝴蝶不多，因为地上的落叶很少。可是深秋就不一样了，好像就是一夜之间，懒惰了一夏天的风，伸了伸懒腰，就摇晃得树们稀里哗啦地脱衣裳。

我总是有些不甘的，我没有见过那么多蝴蝶，何以给了我这么多干枯的叶子！

但是蝴蝶不在多，有一只是蓝色的，就足矣。我就看到了那样一只，蝴蝶转身的时候，是蓝色的，我看得清清楚楚。

蝴蝶是蓝色的，因为我的目光是蓝色的，我的目光是从进了鲁院之后，变成蓝色的。不同于海，不同于天空，那是我要抵达的某个宁静的瞬间或角落。

有一句诗说，西风一吹，人世间便挂满悲凉。

我想，有蓝色在，悲凉总是会退避三舍的。

周华诚，一个遍寻美的使者。那天穿了蓝色的宽松袍子，看着潇洒脱俗。上帝为了让他更好地履职，打通了他的任督二脉，让他有更多的触角（比如文字、摄影和书法）去发现和挖掘美。

那天晚上看书，我看到了蓝色。

诗人赵恺在他的诗歌《烛光》里用诗句描述了一个很温馨的小故事——

"二战"时，一个小女孩看到两个美国兵举着两支步枪在风雪中跋涉，她说，枪冷，让它们进屋吧。紧接着，她又看到内个德国兵举着两支步枪过来，小女孩也说，枪冷，让它们进屋吧。

屋子里是黑暗的，几个人感觉到一种深蓝的温暖、宁静和感伤。两对仇敌邂逅在深蓝的天堂。小女孩点燃蜡烛的那一刻，双方顿时警觉起来，举枪对峙，餐桌变成了战场。小女孩说，今天是圣诞节。她把鲜花——插进枪口，便开始唱起歌来。

小女孩唱歌，那些枪也唱起歌来。美妙的蓝色开始蔓延……

那一天，一头骡子从鲁院的门前经过，它在想些什么？

马国福陷入这样的沉思，在他眼里，这头骡子是一种暗喻，或许就此经过，那骡子身上就多了一丝文学的气息，拉磨的时候，它的姿态也将变得富有文艺色彩，时而低头沉思，酝酿一首古怪的诗；时而高昂头颅，正义凛然，一副随时准备慷慨陈词的模样。

公园小径上的一只蚯蚓，蜿蜒爬行，像一条细长的小蛇。我绕着它跑过，可是随后，我听到后面的一声尖叫。女同学惊魂未定，她的一只脚已经把它碾成尘泥。

蚯蚓的死亡是垂直的，一气呵成，没有半点儿的拖泥带水。

女同学的尖叫里，因为有悔而变成蓝色。

深秋，鲁院的蝴蝶落了，而蟋蟀的奏鸣、蛙鸣以及荷香，依然会到我的梦里来。我的回忆里缺不了它们。它们闪着蓝色的光。

洪忠佩、周伟和于永铎是热爱走步的人，速度不快，但一直向前，不管那路上铺着落叶还是薄薄的霜雪。他们走路带起来的风，是蓝色的。

纳兰泽云，这个热爱演讲的女子，曾一度有语言障碍的缺陷，依靠一颗强大的内心，她完成了蜕变。她的发音是蓝色的。

我带着蓝色的梦而来。多少人，也都是带着蓝色的梦而来。

代敦点接到鲁院录取通知的时候，他的妻子刚刚做完手术，他陷入两难境地。来，不忍病中的妻；不来，对不起自己一生的梦想。那些时日，他寝食难安。妻子知道后，果断劝他来学习。他说他是含着眼泪一路来鲁院的，我分明看到了，那滴眼泪的颜色，是蓝色的。

才让扎西是蓝色的，他是带着青海的一片云来的；次仁央吉是蓝色的，她是带着西藏的一缕风来的。

袁瑛的舞蹈是蓝色的。赵娜的歌喉是蓝色的。杨仲恺的逗哏是蓝色的。黄军峰的捧哏是蓝色的。郑雄的微笑是蓝色的。张军东的耍酷是蓝色的。赵伟的诙谐是蓝色的。於中甫的可爱是蓝色的。吉建芳的沉默是蓝色的。程煜的高冷是蓝色的。陈晨的艾灸是蓝色的。魏建军的嗓门是蓝色的。梁晓阳的内敛是蓝色的。陈楫宝的低调是蓝色的。汤晖偶尔的出神是蓝色的。文欢吐出的烟圈是蓝色的。姜雪梅的朝鲜族拌菜是蓝色的。陈丹玲的六口茶是蓝色的……

李云的诗句是蓝色的，"穿青衫长袍的人是从钱塘门走的/卸甲弃马的人负枷而去/伶人，船娘，师爷，僧人，商贾和小贩/还有盐工，织女，乞丐/以及帆影和木排/都背影匆匆……"在我看来，这些人，这些景，都是蓝色的，都在一种锦缎般丝滑的蓝里摇晃。

一年四季，我在鲁院度过三个季节，这是何等荣幸！我可以在鲁院的小路上，见到花瓣，见到落叶，见到雪花。

某一天的鲁院是蓝色的，我想在以后的岁月里会有更多的时日见到更多的蓝色。而我一直坚信，如果你能在一件事物里看到它的蓝色部分，你就会是一个诗人——一个把世界放在喉咙里的歌者。

我同样坚信，四个月之后，我从鲁院走出来，我的背影会是蓝色的。就像我见过的那只蝴蝶，它的曼妙的转身。

你的身上飘荡着春风

小时候，家里需要一头拉磨的驴，父亲去马市逛了一天，最后却买回来一匹很老迈的驴，母亲埋怨父亲糟践了血汗钱。父亲说，卖驴的那个人领着一个和咱孩子差不多大的小男孩，小男孩舍不得这头驴，一个劲儿摩挲着驴头，哀求他爸爸不要卖了。我看他们那副可怜样，一定是家里遭了难或者家人得了病，能帮一把就帮一把。母亲说，你也没问，怎么就知道人家里有人生病？父亲说，我闻出来的。他把驴缰绳拿给母亲闻，一股淡淡的中药味，说明主人经常熬中药，父亲以此判断他的家人生了病。

只要心怀善念，你可以通过任何方式感知别人的苦楚。

一个冬天。查尔斯·兰姆在街上急急忙忙地走，一不小心滑倒，摔了个仰面朝天。他赶紧爬起来，生怕被人发现。可是抬头一看，一个扫烟囱的小孩正冲着他笑："他站在那儿，用他那黑黑的指头向我指指点点，让大伙儿瞧，特别是让一个贫穷妇人瞧（那大概是他妈妈），在他看来，这件事太可笑，太有趣，笑得他眼泪都从那红红的眼角流出来了，他那眼睛是因为平时常哭，再加上烟熏火燎，才变得那样红红的。然而，在万般凄苦之中，他那眼睛还是闪耀出一点儿得之不易的快活的光芒……"这时，兰姆想的是："一个扫烟囱小孩的嬉笑里是丝毫不含恶意的——只要一个上流君子的体面能够容忍得了，我情愿站在那里，做他的嘲笑对象，一直站到深夜。"我完全相信兰姆这份心意的诚恳，但他的身子骨恐怕吃不消。不过，在这个凛冽的冬天，我能感受到兰姆身上飘荡的春风。

在 20 世纪三四十年代的中国社会，有一句极为出名的流行语，就是"我的朋友胡适之"。当时，"上至总统、主席，下至企台、司厨、贩夫、走卒、担菜、卖浆——行列之中都有胡适之的朋友"。作为一个学者，他身处"文人相轻"的环境，但他却能以自己巨大的人格魅力凝聚起了一大批知识分子，做出了许多开创性的工作。胡适的胸襟阔大，具有包容精神。他以自己无上的智慧洞悉了人间的光明和黑暗，悟透了人生道路的平坦和困顿，修炼出用自己的胸襟去包容世人、包容宇宙的宗教般的度人济世情怀，获得了社会各方面的高度赞誉。正是靠着这种博大心胸和乐观豁达的精神，胡适得以从容地周转于当时严酷的政治与社会环境，并以自己的地位和努力为众多文化界人士的生存创造了有利的条件。也就是说，在那个动荡的年代，胡适曾向很多朋友或学子提供过无私的帮助。胡适自己也说："我一半属父母，一半属朋友。"

在陈之藩先生看来，胡适先生的气场一定像是和煦的春风。"并不是我偏爱他，没有人不爱春风的，没有人在春风中不陶醉的。

因为有春风，才有绿杨的摇曳；有春风，才有燕子的回翔。有春风，大地才有诗；有春风，人生才有梦。春风就这样轻轻地来，又轻轻地去了。"这是陈之藩在胡适逝世时写的悼念诗。

一个人的人格魅力大抵如此。

安吉拉·卡特写过一个童话：一个冷得直哆嗦的老妇人，问不死的太阳，为什么她总也暖和不起来，就算一件套一件地穿了三件裘皮大衣，也还是觉得冷。不死的太阳告诉她——"你得施舍两件给穷人，这样良心就会安稳，就会觉得暖和了。"

为什么你会觉得冷？因为你只给自己的躯壳披了衣服，良心被晾在一边，自然心就凉了。因为，你的身上没有飘荡着春风。

你若行善，不必在意身处何地，何时，只要你身上飘荡着春风，温暖便会从你那里开始蔓延，慢慢铺满整个尘世。

鱼缸里的鱼，无法告诉你大海的消息

鸟说，鱼多么欢快，在海底，无拘无束地游。

鱼说，鸟多么愉悦，在天空，自由自在地飞。

转而，它们又各自改变了看法。

鸟说，鱼的眼泪太多，同时冲走了蓝白黄灰黑五种记忆。

鱼说，鸟儿翅膀下的风太急，使它永远够不到它想够到的云朵。

鱼游进了你的鱼缸，并未告诉你大海的消息，却换成了你告诉它尘世的消息。是鱼的悲哀，还是你的悲哀？

小小的鱼缸。是谁使鱼儿从不同的海洋游在了一起？又是谁使它们被囚禁？

别以为你对大海充满好奇，鱼就对尘世充满好奇。你想去看大海，鱼却未必惦念尘世。

你囚禁了它，那么，就别指望从它的口中，得到大海的消息。

你得到的，只是它苟延残喘的呼吸。

就像你囚禁了鸟，就不能从它的口中，得到天空的消息一样。

渔网多了一个破绽，是渔夫的叹息，却是鱼儿的欢欣。

猎枪坏了一个零件，是猎人的遗憾，却是鸟儿的庆幸。

你在雪地上扫出一片空地，撒上粮食，为鸟儿设下陷阱。

雪那么白，却没能盖住你的黑。

鸟儿却并未上当，不知道是鸟儿聪明了，还是你的黑太过显眼。

那一天，鸟儿不知去向。你也迟迟找不到回家的路。

星星都回来了，你却依然杳无音信。

黄昏，鸟褪下金色的羽毛。原来，那一直不是它喜欢的颜色。但它必须穿戴整齐，不能有半点懈怠。

在夜的掩护下，它终于可以用自己的颜色来铺床了。

一个人，没有翅膀，也可以像一只鸟。

一个人，没有鳞鳍，也可以像一尾鱼。

我要打开鸟笼，让羽毛飞翔。

我要打碎花瓶，让花香奔跑。

鸟说，给我一块纯净的天空吧，哪怕指甲盖那么大就好。

鱼说，给我一片安详的水域吧，哪怕一只碗那么深就好。

转而，它们深深地羡慕起对方来。

鸟想成为鱼，鱼想成为鸟。

鸟想去海底游动，鱼想去云端飞翔。

乡 愁 的 二 次 方

生活，从没有像今天这般盛气凌人，高高在上，向我发号各种施令。

它对一颗心说，妥协吧。执拗的心，却宁愿被割出血来，也不肯停止奔波。

我仿佛是一只被这个城市豢养的兽，逃不出牢笼。可是一颗心不愿听凭生活的摆布，将自己典当给钢筋水泥的丛林。一颗心，总是朝着故里的方向，马不停蹄。月亮挂在人间的肩膀上，一盏最高处的灯笼，引着我回家。

一片、两片、三片……我看到有孩子在路灯下数着雪花。雪花越数越多。有人把雪花当成精神的药片，有人把雪花当成灵魂的抹布。我把雪花当成我的乡愁，一片、两片、三片……我数起了乡愁，乡愁越数越多。

浓烈的酒精又一次将我麻醉，我跌跌撞撞，与弥散开来的乡愁抱个满怀。心里，便埋入了乡愁的二次方。

有人打着赤脚，走过故乡的泥塘，妄图获取几条意料之外的鱼。有人挖空心思在找，可以永远盛满饭的碗，以前叫铁饭碗，现在叫金饭碗。其实啊，生活就是一只大海碗，里面永远一并装着快乐与艰辛。有人拼了毕生的心力，不过是拆了东墙补西墙。有人飞翔，有人坠落，有人奔跑，有人漫步……

即使季节给了我再高的天空，我也飞不出最初的湛蓝。口袋里的钱虽多了，心却不再那么丰盈。一览众小的喜，终是抵不过远离大地的悲。

心若没地方安置，再好的日子，都是一种漂泊。

今夜，一杯粗茶，不知能否沏开人到中年的落寞。

我不怕衰老，这是命之所归。我甚至有些盼着自己，老到痴呆的那一天，会急迫地去做一件事——将那滴答作响的时钟上的时针往回拨。就像儿时，盼着父母下班，将它往前拨一样。

那样，是不是就可以让时光倒退，可以重新怀揣着我们最初的美好愿望？可以让玫瑰重新再开？可以让夜把天空退还给白天？可以让刚刚准备冬眠的物种们掀掉被子？可以让母亲重新清晰地看到这个世界？

那样，是不是就可以跟在母亲的脚印后面，将整个尘世踏个洁白？

是不是，还可以称呼那些缠绵的过往，亲爱的？因为纠缠不清的往事，都是我的亲人。生命中总有那一小段光阴，会成为你日后的某一根肋骨。时而会疼痛，提醒你记起。

父母省吃俭用扯了很多花布，可是儿女们却再也不穿那种小棉袄。不小心摔碎外婆最疼爱的一个青花瓷碗，却狡猾地嫁祸于猫。猫得到了鸡毛掸子的追打，委屈使它的眼睛变得更蓝。父亲跺跺脚，身上的雪落下来，心上的雪却又堆积了一层——因为没有讨到工钱，年货还没有着落。母亲总是宁愿躲在黑暗里，也不开灯。她省下的电费，我没算过到底能有多少钱。放学回家的小小人儿，仿佛胸中永远藏着快乐的鸟，一唱起来就没完没了。祖母还是那么多话，风烛残年的老人，如果她沉默，证明她正在接受离别。如果她唠叨个没完，证明她一如既往地眷恋……

最近的梦里，总能看见失明的母亲，扶着一面墙，摸索着艰难地行走。即便无法再看见任何事物，却还是那样干干净净。背是驼的，步履也是蹒跚的。而我，却再不能领她回家。

"母亲，你躲在我的血液里，是否温暖。我看你游来游去，伸出手，却触不到你。"（李庄诗）

今夜，提一盏什么样的灯，才能够重新照亮我们的年华。故乡，要在内心积攒多少白月光，才能铺一条通往你的银色的路啊。

今夜，风在天涯写信给过往的尘埃；今夜，我在写诗给心心想念的故乡：

> 故乡，走的时候，
>
> 忘记了吻一下你的额头。
>
> 回来的时候，
>
> 我要重重地，给你磕头。

故乡，一别经年，

我仍旧是热的啊，

我是你的孩子，

我永远在你温暖的襁褓……

故乡，为你写的每一首诗都是热的。你看啊？心若一动，漫山遍野的桃花就红了……

故乡，我是你忘关的水龙头，汇成小溪，汇成河，汇成大海。

今夜，唯有把故乡的炊烟捻成一绺儿，缠绕到手指，做一枚乡愁的戒指，方可令一颗心望梅止渴，稍稍安宁。

故乡，你欠我一个大大的拥抱。

故乡，我欠你一串回家的脚印！

一根叫父亲的骨头

父亲瘦了一辈子，从来都没有胖过，像一根立起来的骨头。

母亲糖尿病并发症导致眼盲，只好由父亲来照顾。一辈子没做过饭的父亲，开始学着做饭。我提出来接他们去楼上住，父亲不肯，说楼上不方便，住着平房每天可以带母亲出去晒晒太阳。他让我们放心，说他可以照顾好母亲。不论我们怎样劝说，他都不为所动。父亲一辈子都这样，倔强得很，用母亲的话说，那是一根倔强的老骨头。

妻子和我说："有时候看爸爸弯着腰点炉子半天直不起腰来，就那么弓着一路走进屋子，我心里可不得劲儿了。前半辈子弯腰为儿女，后半辈子弯腰为老伴儿，从来都没有时间是为自己而活的，他这是没有自己的一辈子啊！"

父亲退休前，一直是工厂里的车工，每天弯腰在机床前，一站就是四十多年。

我曾经勾着他的脖颈，把他当一棵树上下攀爬，也曾把他当成秋千架，惬意地晃荡，那时候他还年轻，站起来依旧笔直。可是，岁月却和万有引力合谋将他压弯。

再倔强的骨头也有弯的时候。

父亲一直瘦着，现在想想，他又怎么能够胖得起来呢。从小到大，家里的经济条件一直不好，母亲身体差，没出去工作过，一家六口人都指望着父亲那点微薄的工资，每月的口粮不等到月底就吃没了。父亲总是托人和粮店的人说好话，提前把下月的粮食透支出来。在我们这些小豺狼虎豹面前，父亲怎么能吃得上一顿饱饭！

这根倔强的骨头，一直都是硬邦邦的，这大概就是我不喜欢让他抱的原因吧。我清楚地记得，小时候有一次放学回家，父亲在门口张着树杈子一样的双臂做拥抱状，我却从他胳膊底下"嗖"的一下钻了过去。"小兔崽子！"父亲骂了一句，悻悻然跟着进了屋。后来才知道，那一次，父亲在单位得了劳模奖，奖励了一个大猪头，那是他表达快乐的方式，可是我却扫了他的兴致。

这还是一根险象环生的骨头。父亲这一生做过太多惊险的事情，上山砍柴，砍到了脚背，骨头都露出来了，所幸及时送往医院才保住了右脚。还有一次，中指被车床绞到，皮开肉绽，伤口愈合之后，右手的中指就永远打不过弯来了，总是那么直愣愣地伸着，我都替它感到累得慌。

父亲手巧，闲暇时会做点儿灯笼卖，多少可以贴补一下家用。可他毕竟时间有限，做得不多，都是事先订好了给谁做就是给谁做的。一个有钱人出了好多倍的价钱要买父亲预定出去的那只灯笼，父亲回绝了，不卑不亢地说："人总得讲究个信用，不能你钱多就坏了规矩不是，不然这世道怕是要乱了套吧。"

那一刻，我觉得这世间，只有一个词可以配得上父亲，那就是骨头——有骨气而且讲诚信的骨头。

那一年，我的叛逆让他头疼，我的逃离令他神伤。他将所有的脚印放出去，天涯海角去找我。深夜，他把脸伸进晚秋，清晨转过身来，须发皆白。

我看见了雪白的骨头。

有一次，父亲问我对死亡的看法。我想了想说："人死了，万事皆休，什么都没有了。"父亲说："也不尽然，你爷爷死后，我从炉膛里还捧回了四捧骨灰，热乎乎的，似乎还带着活着时的体温。"

听到这些话的时候，我的内心是酸楚的，我不敢想象，将来的某一天，父亲离我而去，这根老骨头，会变换成多少思念的骨灰。

如若父亲不在了，还有什么可以让我称之为骨头？

看过一则新闻，浙江一位84岁的老人陈宝松，他45岁的单身儿子4年前查出尿毒症，为补贴药费，他每天凌晨出发，骑3个小时的三轮车到20里外县城去卖菜，饿了啃馒头，买瓶水也舍不得！一天挣四五十元，他不放弃，他说："只要我这把老骨头还能动弹，就给儿治！"

又一根倔强的老骨头！

有一次一个朋友问我父亲的年龄，我一下子愣住了，先想到父亲是属蛇的，然后再一点点推算出他的年龄。为此，我深感愧疚。

父亲不光把我的年龄，还把我的生日、我的生辰八字都记得牢牢的。有人问起，他从来不会打奔儿，总是脱口而出。

从今天起，我不光记住了这根老骨头的年龄，还记住了这根老骨头的重量。

父亲睡着了，小小的一团骨头。我替他盖着被子，看到那根永远向前伸着的中指，像个站岗的士兵，没有人来换岗，只能一个人站在那里，直到永恒。

那是父亲身上更为倔强的一根小骨头。

我把春天唱得高出鸟儿半拍

我最爱的春天，来了。

又有谁不爱春天呢？除非，那是个冬眠的，尚未解冻的人。

你便是还没有解冻的人。你说："不要来救我，我已经废弃了一生！"

"不可以，哪怕所有的门都关紧，我也要给你留一条人间的窗缝，让你看到天堂。"

悲伤总是一闪而过，可是它投下的影子，却很长很长。

我知道，劝你领回阳光的金币，需要排很长的队，耗费我很多月光的银币。

不过，为了一颗心的归来，舍弃几锭光阴，又算得了什么！

我领你去看春天的事物。

领你去看养蜂人，他带着一支支飞翔的针头，给贫瘠的山坡打着一剂剂营养针，让山坡开出更多更绚烂的花。然后，一支支飞翔的针头又变成一支支活着的吸管，把美的精华存储起来，让世界有了甜蜜的念想。只有他见识的花，才叫花朵，只有他耳边的风，才叫吹拂。

领你去看一个美丽的寡妇，她的天虽然塌了一半，但依然果断地站在正午阳光下面，把悲伤拿到炭火上炙烤，直到烤焦，烤到可以吃掉。人们想听她的哭泣，她偏不，反而笑得花枝乱颤。一双儿女茁壮成长，命阴着脸打翻她，她笑着打翻命。

领你去看郊外挖野菜的人，多么稠密的人群啊！他们说说笑笑，欢乐从大地上升腾。我惊诧于这些硬朗的生命，他们中的绝大多数，都如同田野里的蒿草，普普通通。可是，他们朝气蓬勃。

领你去看春日早晨的雾。一个孩子坐在母亲的自行车后座，好奇地伸出手去，试图抓到这些无形的雾，可是他并没有如愿。一切是不确定的。天空已经下降到地面，你已经不再是清晰的你。晨练的老人们，远远地走过来，看不清他们的脸，也看不清他们衣服的颜色，但看得见他们手里拿着扇子，那定是刚扭完秧歌儿回来，衣服也一定都是鲜艳的。他们的声音是清晰的——"去桃南菜市场吧，那儿的鸡蛋要便宜一毛钱""豆腐还冒着热气呢，回家就能吃"……这热气腾腾的何止是豆腐，还有生活。

荣荣在《有关春天的歌》中写道："其实我不是一个出色的诗人/我只把春天唱得高出众鸟半拍/但这就够了/瞧/我已惊动了那些冬眠的人……"

但愿，我唤醒了你。

我想趁现在，趁阳光正好，趁微风不聒噪，趁花儿还未开到荼藦，趁我还年轻，还可以走很长很长的路，还能诉说很深很深的思念，趁世界还不那么拥挤，趁汽车还未开动，趁记忆还能将过往呈现，趁时光没有吞噬留恋，趁心存想念，趁还活着，为自己，疯狂一次，就一次。

我不要做与你对望的那盏灯，我只做你的灯芯。燃烧是我的事儿，决定我燃烧或者熄灭，是你的事儿。

相爱，是一种劳动。有益身心，强身健体。

你看我，多么像你的候鸟，等待着，与你居住。

"都醒了，我还睡着。一切都是新的，唯有我是陈旧的，真对不起，亲爱的。不过我会像古老的瓷器一样，陪伴你，从现在开始，我会把自己拾掇得干干净净，像新的一样，通过我光洁的身体，把每一天最初的一抹朝阳反射给你。"

终于帮你领回阳光的金币。你看，多么值得！我舍弃的那几锭光阴，换回来的，是多少克拉幸福的闪电呢！

用一首诗去清洗这个世界

他站在那里，整个人就像一幅字帖：发乱如草书，眉浓如隶书，鼻正如楷书。

他是一个端正的但却潦倒的人。

他是我的隔壁邻居，一个与这个尘世有些"格格不入"的诗人，许是太过于专注他的诗歌，生活被他过得一塌糊涂。40多岁的人，尚未娶妻，时下的女子，恐怕没有哪个愿意嫁给清贫的诗歌。年近古稀的父母，只有他这一个独子，为他操碎了心，偏偏他"不务正业"地爱上了诗歌，无法自拔。他自己倒是乐得逍遥，梅妻鹤子般做着城市里的隐士，只是和诗歌恋爱，自然无法为老人生下一个孙子，怨叹声不免时时叨扰他的耳膜。

他过于瘦弱，薄薄的一片，不免让人担心，随时被风卷了去。

他的生存能力实在太差，且不说洗衣做饭的笨拙，就连菜市场在哪里，问了几个人之后，才找到了。他不会和小贩们砍价，每次买回来的都是高价菜，转过身之后，还被人冠以"傻帽"的名号。

回来的路上，菜篮子被车子刮翻，蔬菜们委屈地滚落一地，他还没来得及去捡，就被车子里的人一顿恶骂："瞎了眼的，不会走道啊。"

"你……你……"他愤怒得脸都变了形，却哆嗦着无法说出完整的话来。

"你什么你，呆头呆脑的，白痴。"

面对那些恶毒的话，他竟无言以对。尘世的生活，常常令他束手无策。憋了一肚子气的他，喜欢用诗歌表达自己的情绪。诗歌写好了，他大声地读出来，心情也就跟着好了许多。世界照常运转，乌云散去，月朗风清。

他喜欢的深夜，在不远处，向他递来意味深长的眼神。喧嚣的白昼终于过去，夜晚来临，又剩下他一个人。

他在等待，属于他的那一个时间段。只有在那个时间段里，他才是自己世界的王，是呼啸而至的飓风，是汹涌而来的大浪。

他一遍一遍地洗头、洗手、洗脚，热水澡泡了三遍，冷水澡冲了三遍，却仍然感到自己的污浊。有一首诗就好了，他想，沐浴液洗不到的地方，一首诗可以。在他看来，世界的某些地方是污浊的，需要用诗歌去清洗。

世界很大，难免会有一些污浊，一首诗，无异于杯水车薪。但他坚信，世人的心，总有一天会澄明。因为美好，就像暗夜里的灯笼，总在黑暗之中给人以鼓舞。遇见小偷，或者打劫的，他倒是不畏惧，敢于站出来和歹人讲道理，像电影《西游·降魔篇》里的唐僧一样，试图用《儿歌三百首》去感化这些生活中的妖魔鬼怪，结果自然明了，一幅字帖被撕个稀巴烂。此刻，他应该会后悔吧，后悔自己不会些拳脚功夫，那样总比舞文弄墨来得实在。

他躺在地上，喃喃地说："你们对不起这暖暖的阳光啊。"

"真倒霉，碰上个神经病"，歹徒们不屑于理他，继续为非作歹去了，他们打劫了一个女孩，并且无耻地猥亵着女孩。女孩大声喊着救命，却没人敢伸出援手。

谁也没有想到，瘦弱的他挣扎着站起来，摇摇晃晃地奔过去，挡在女孩前面，固执地劝说着歹徒们。一个歹徒气急，拿起一块板砖照着他的头拍去，他应声倒下，满头的鲜血。有人偷偷报了警，警笛响起，歹徒们落荒而逃。

女孩给他擦拭着伤口，令他感觉到了这个世界的温柔。他嘴里却依然说着令人摸不着头脑的话："看啊，天多蓝，云多白，他们怎么会做那么肮脏的事儿？"

在医院里，女孩天天去看望他，他送给女孩一本自己印制的诗集。第一首是这样写的——

> 这个世界的污浊，是无法打扫干净的，
>
> 就像秋天的落叶，无论怎么扫，
>
> 第二天早上，还会是厚厚的一层。
>
> 那就在那污浊的地方，种一朵莲花吧，
>
> 丑陋的、污秽的、不堪的，自会退避三舍，
>
> 这就是真的引导，善的驱使，美的影响。

第六辑

我们一起撑起
世界的辽阔

为你摘七颗星星的人

　　妮妮打小就喜欢黏着爸爸，只要爸爸在家的时候，几乎是寸步不离，必须和爸爸一起看电视，饭也要爸爸喂，哪怕上厕所，也喊着"爸爸陪"。

　　爸爸也宠溺她，把她当成手心里的宝贝，任凭她怎么淘气，都是笑意盈盈。

　　他总是对妻子说："我怎么这么有福气呢？你怎么会给我生了这么好的一个女儿呢！"

　　有时候正在工作，接到妻子打来的电话，听到女儿在里边抢着说话，尽管发音还不全，却会含糊地说："宝宝想爸爸了。"他忍不住，经常就请了假，回家去陪孩子。

　　夜里，妮妮不肯睡，跑到阳台上，指着月亮说："爸爸看，月凉。"爸爸忍住笑，接着指给她看北斗星，挂在天空上的一把勺子，妮妮很想摘它下来，那是她最想要的玩具。

　　爸爸说："我给你摘，不过啊，天空离我们太远太远，爸爸要花很久很久的时间才能做好一个通向天空的梯子，所以啊，要好多年好多年才能摘到呢，你有耐心等下去吗？"

妮妮点点头说："宝宝等。"

那真是一个神奇的勺子啊！妮妮想，它一定可以听她的话，可以随意变大变小，大的时候可以当成飞机飞起来，小的时候可以当成羹匙，用来喝汤。

可是，妮妮没有等来爸爸给她摘下的星星勺子，却等来了爸爸永远的离开。

爸爸得了治不好的病，在最后的岁月里，他并没有表现出与以往有何不同，只是对妮妮的关心更多了，看妮妮的眼神，也变得更加疼惜。

妮妮总算不用爸爸妈妈陪着睡觉了。可是，爸爸这几天偏偏要去和妮妮挤那张小单人床，妮妮梦中醒来，总是看见爸爸睁着眼睛看着自己，眼里满含泪水。

妮妮不自觉地问："爸爸，你的眼里怎么亮晶晶的啊？"

"那是爸爸在给你摘星星呢！"

爸爸知道，那是月光照着他眼里的泪水。他忍着，不让那滴眼泪落下去。他怕，怕妮妮会慌乱，怕妮妮的心因此而泛起波澜。

爸爸入殓后的第二天，妈妈取出一张卡片递给她，那是爸爸临终前留给她的。

卡片上是一幅卡通画，一个孩子和一只猫咪，坐在一张长椅上望着星空，如钩的月亮旁边，是那个像大勺子一样的北斗七星。卡片的背后，有这样一句话：

"妮妮，爸爸答应过你，要给你摘到天上的那个大勺子，现在，爸爸正在往那儿去的路上，爸爸很快就可以摘到了。等爸爸摘到了，就在某个夜晚，走进你的梦里，亲手交给你，好不好？相信爸爸，爸爸决不食言。"

妮妮还不识字，这些话是妈妈念给她听的。妮妮相信了，从那天起的每个夜晚，她都会怀着美好的憧憬入睡，尽管泪珠儿还挂在眼角，但是嘴唇边那个迷人的小酒窝，会夜夜绽放。

妮妮渐渐大了，慢慢洞悉了这一切，但她依旧依赖着这个童话，她会一直守护这个梦，守护梦里那个一生都在为她摘七颗星星的人。

一拨又一拨的好人撑起了世界的辽阔

你的生命中，是否也会遇到这样一拨又一拨的好人，只是，你还没有把他们从你的记忆里打捞出来？

一个有着近三十年教龄的小学教师，面临着退休，可是一颗心仍然全都放在孩子身上，这是一颗让人敬重的师者的心。

在她现在任教的班上有这么一个孩子，这个孩子从一年级以来学习状况一直比较糟，糟到按时完成作业和考试及格对他几乎是一种奢求。于是，她接班以后，一直很关注这个孩子。她希望班级的每个孩子都能像小树苗一样健康成长，她想和这个孩子的家长沟通，可是总联系不上，一次、二次、三次……她先后给这个孩子的母亲打了八次电话，等来的居然是无人接听！她接着辗转着打听到孩子父亲的电话，结果仍是——无人回应。她，于是又苦思着下一步该怎么做。

一天，当她拖着疲倦的身子刚回到家，家里的电话铃响了。老伴见她累便赶紧跑过去接，可最终电话还是传到了她手中。但是，这个电话不是平常的学生或是家长询问学习情况，而是那个家长的不明就里的兴师问罪："我说你这个人怎么搞的?！左一遍右一遍地打我的电话，打了八遍不够，还继续打我老公的电话!"言辞间的火药味似乎隔着长长的电话线都能嗅得到。听了对方连珠炮似的诘问，她恍然大悟，不仅不恼，还赶紧表明身份并耐心地解释原委……之后，肯定还发生了一些事，比如那位家长强调客观的种种原因，比如她后悔不迭的种种反应。但那不是我关注的，我所震撼的，是在许多东西都被利益直白地驱动着的现在，还会有这样"不入流"的老师，坚守着一颗执着的师者之心。

有一次坐一辆出租车回家，司机是个爱说话的人，看到路边有正在清理积雪的工人，就打开了话匣子。

他说，这些人也真是不容易，一个月千把块钱，却要起早贪黑地忙活一天。

我应和着，是啊，这是弱势群体。

他说，这要是家在附近住的还好些，有些离得远的，还得坐车，中午还得吃饭，一个月也就剩不下多少钱了，可是他们也舍不得丢了这份差事儿。年岁大了，能干点儿就干点儿，也算是给儿女们少点负担吧。

他说，他早上就经常从这个区拉几个人去另一个区去扫雪，因为天太早，他们也不容易坐到车。他同情他们，车费每人 4 元，他给减到每人 3 元，然后和他们说，每天早上都由他来负责接他们，这样对双方都是利好。这口头协议就这么一直维系着，可是有一天，他为了赶时间，担心他们等太久，从另一个区空着车回来接他们，结果他们却因为有一个顺风车每人要 2 元，就坐着走了，也没人给他打电话告诉他今天不要接了。

他气愤异常，觉得这帮人真是不靠谱，一点诚信都不讲。他觉得没必要再发什么善心接送他们了。

可是第二天他还是忍不住去了那里，看见那几个人在寒风里冻得瑟瑟发抖。他们以为他肯定不会来了呢。

他打开车门，大声地喊："上来吧，你们不讲信用，我可讲。"

这个好人，终究还是没能抵住那颗善心的引领。

想想我自己，一直是个懦弱的人。小学时被女同桌欺负得不成样子，另一位女同学看不过眼，替我出头，说以后谁再欺负我她就和那个人过不去；初中时被男前桌欺负，也是女同桌路见不平拔刀相助，凛然侠女一般，令我感动；高中时被班主任欺负，男后桌替我反抗，并为此受了罚，连续三天站着听课。工作时，先是遇到伯乐，后是遇到良师，助我走上一个又一个台阶……

我遇到了一拨又一拨的好人。他们就像一茬又一茬绿油油的草，覆盖在广阔的大地上，把一拨又一拨小人，紧紧压在地表下面。

其实，再往小里说，好人也不见得就非要去帮助别人。所有善待日子的人，都是好人。努力让自己的岁月镀着金，努力让自己的生命闪着光的人，也都是好人。

一拨又一拨的好人，撑起了世界的辽阔。

在冬天里养几只鸽子取暖

　　鸽子停在一个没有爱情的城市，我一直这样认为。

　　而且固执的心，始终认定那些鸽子是假的，因为这个城市很不真实，它的上空常常镶嵌着风筝，那些虚情假意的鸟让这个城市看上去更像是一张虚张声势的拼图。

　　满世界都是遗憾，我感到秋天就这么过去，只留下哀愁。

　　我在郊区租了一间简陋的平房，我要试着在这里开始一段新的人生。我两手空空，背井离乡来到这里，除了思念，没有别的行李。

　　这时候，念起相亲相爱的从前，一遍一遍地，像数着眼泪。在僵硬的城市里面，那些眼泪，力不从心。

　　来这里，只是想让自己静下心来，来解答那样一道难题：你最挚爱的人爱上了你最贴心的朋友，你如何选择？

　　每天，我把自己关在屋子里，与世隔绝。隔着窗子，听到外面有鸽子"咕咕"的叫声。它们在对面的房顶，上下翻飞，嬉笑怒骂。它们给我死水一般的生活注入了一丝活力，欣赏它们便成了我乐此不疲的爱好。

几个顽劣的孩童，不时地拿石子打那些鸽子，但不管怎样打，它们依然坚守在那个房檐上，似乎与那里的主人结下了难解之缘。

后来知道，那里住着的，是一个孤单单的靠捡拾破烂为生的老人。

邻居们都说他有点傻，养鸽子不为了卖钱，每天还要从自己的口粮里拿出一部分来喂它们。我不禁有些好奇，他养鸽子到底是为了什么。

老人的话让我的心灵为之一振。老人说，冬天太冷，有这几只鸽子在房檐上扑闪，感觉就暖和些。

养几只鸽子，是为了在冬天取暖。就这么简单。

老人说，三年前的冬天，有只鸽子跌落到他的院子里，在地上扑棱棱地挣扎。他想它肯定是吃了附近粮库里那些撒了老鼠药的粮食。老人就把它抱回屋子里，不停地给它灌水，竟然奇迹般地救了它一条命。从此，这个鸽子就喜欢蹲在老人的房檐上，偶尔在房子周围飞上几圈，"咕咕"地啄开房子四周似乎凝固了的冷空气。

不长时间，这只威猛的雄性鸽子便引来了一只同样雪白的雌鸽，它们的爱情使老人的屋檐空前热闹了起来。不久，就有小鸽子诞生，一茬一茬的鸽子，给老人的生活带来安慰。

眼前的那些鸽子多么美好，仿佛一盆一盆白亮亮的炭火，烘烤着这个冬天，让这个陌生的城市，暖意融融。

我不再相信这是一个没有爱情的城市，因为低低的天空有鸽子在飞，它们让城市柔软，它们把天空变得很低。

鸽子是雪做的，反而温暖。

有一天，当满街的车辆停下来，让一只受了惊吓的小狗先过马路时，没有人鸣笛，没有人催促，所有人都将头伸出窗外，用充满爱意的眼神护送着那只小狗安全跑过斑马线。那一刻，我抬起头，感觉自己吃下了一片暖融融的阳光，快乐地打着嗝儿。

孤苦无依的老人和那群鸽子，是那个城市、那个冬天带给我的，最温暖的记忆。

我也矢志不渝地相信，那群鸽子真的可以让冬天暖和起来。

因为那些鸽子，我决定在这个城市留下来。因为我知道，我和我的慈悲来到的地方，会成为我新的故乡。

我想，我也找到了那道难题的答案：在挚爱的人那里，选择放手；在贴心的朋友那里，选择成全。

让过往的一切都随之烟消云散吧。我为他们祝福，让所有的怨恨和欢笑，都在我的记忆里和好。

做出这个决定之后，我的心轻松了很多。我以感恩的心向那些可爱的鸽子们致敬，那一小盆一小盆白亮亮的炭火，烘烤着我怎样温暖的心啊！

门前的柳树下，我听到一个大胆的男孩动情地对一个女孩表白着爱意：看到那个房檐上雪白的鸽子了吗？那就是我，对你纯洁的爱。

女孩羞红了脸，那小小的欢喜里面藏着小小的恐惧，问道："只是，它们会不会像雪或者一块糖那样，在阳光下慢慢融化、瞬间消失？"

"不会。"男孩坚定地说。

继而，我听到了有生以来从来没有听过的最美妙而又充满诗意的誓言：

"即使它们是雪，也是活着的雪，一年四季，永远不会融化。"

世界在两个摇篮里晃动

莎士比亚说："人生就像是一匹用善与恶两种纱线交错织成的布。要不是有过失的鞭挞，我们要得意忘形了；要不是有善行的庇护，我们又要完全绝望了。"

"非洲圣人"史怀哲就是这样一个用恶去鞭挞以驱使善前进的人吧。年轻时他用弹弓打过小鸟，看见鸟的痛苦后他幡然醒悟，丢下弹弓掩面痛哭。而他的一生似乎都在重演儿时的选择，一个哈姆雷特式的选择，是拾起弹弓，学会杀戮，还是丢下弹弓，劝善与行善？他终究是悔悟了，从中年步入非洲丛林起，他一生的精力都奉献给了那片贫瘠的土地。尽管爱因斯坦称赞他是"纯粹的善良的人"，我却宁愿记得他扔下弹弓痛哭的一幕。在人生善恶交织的布上，他竭力扭动着善的纱线织成锦绣。

和史怀哲一样，我也是一个怀着巨大愧疚的人，我曾经残忍地杀死过自己养的鸽子。

那些鸽子稀里糊涂地钻进了命运的死胡同里，无力挣扎。

如果不是因为要给难产的四妹熬汤，我是断不会设下这个圈套，继而将它们全部扼杀。它们对我信任，因为我们一直相爱着。

我在地面撒上一些鸽子们最爱吃的小麦，鸽子们毫无顾忌地落下来，它们不知道这些恶毒的麦粒，正在向它们伸出死亡的舌头。

它们被牢牢套住了。

我将它们装进一个大袋子里，一股脑儿地向墙上摔去，它们大概还没有明白怎么回事吧，世界于它们，已到了末日。

可怜的鸽子们。我的杀戮来得那样迅猛，那样无情，那样猝不及防。前一刻我还和它们嬉戏玩耍，此时却变成了刽子手。

它们在袋子里张大了嘴，大口地喘着粗气，嘴角的血慢慢流出来，眼睛惊恐地望着我，慢慢地阖上。

它们无论如何也想不到，刚刚还落到我的肩头，充满信任地啄着我的衣襟，把我当成它们在尘世里唯一亲近的人。

我犯了多么滔天的罪孽。我一生都无法原谅自己。如果有一天，我的灵魂去了，我将去向它们下跪，请求它们的宽恕。

我亲手杀死了，与我相爱的鸽子。曾经，它们就那样守候在我的屋檐上，雪白雪白的，像一小团一小团振翅欲飞的雪。

而我，弄脏了它们，揉碎了它们。

我的肉体沉重，而鸽子飞翔。这些天空中的小小音符，让世界充满乐感。它们的背部是天空，而我，就在它们的对面，看时光流转。那些美好的旧时光，都镶嵌在鸽子的翅膀上，闪闪发亮。

我的灵魂却生出了洞，再也无法修补。与我相亲相爱的鸽子，飞不过罪孽的沧海。

最近读了一篇小说，里面穿插的一个故事令我感慨颇多：

一个小伙子每天下班要穿越一条胡同，都会从一个姑娘家门口经过，几乎每次都会看到那个姑娘坐在窗下看书。黄昏时分，那场景实在太美了，他总是忍不住停下来多看几眼。那姑娘也看到了他，并无太多芥蒂，一切都很自然……

读到这里，你们会想到什么样的结局呢？

一定会觉得这是个很唯美的故事吧，最后两个人相爱，厮守一生？

可是结局不是这样的。后面的故事是，一个晚上，姑娘被强暴了。姑娘没有看到凶手的真面目，她能向警方提供的唯一线索就是那个小伙子，小伙子因此坐了好多年的冤狱。

这样结束？不，还没完呢。

小伙子出狱后，千方百计找到了那个已经嫁人的姑娘，希望她可以为他洗清这么多年的冤屈，还他一个公道。可是已经嫁人的姑娘岂肯再次揭开那个伤疤，再说丈夫也对当年的事情一无所知，如果她出面做证，她的生活就要乱成一锅粥了。

小伙子苦苦哀求了半年有余，姑娘也没有答应，反而威胁他，如果再来骚扰，她就报警。

小伙子恼怒之下，竟然真的将那姑娘强暴了。他说，反正你也不为我洗清冤屈，那我就真的做一回强奸犯吧。姑娘羞愤难当，当场自尽。小伙子也再次入狱，并被处决。

读到后面的结局，感觉真可怕。人性中的善与恶时刻都在争斗。小伙子是恶人吗？显然不是。如果按照前半程的场景设置，他本该是一道阳光靓丽的风景，可是邪恶的命运和他开了天大的玩笑，他被推入黑暗，最初是身体，最后是心。

那个姑娘呢？因为一个胡乱的假设而毁掉一个人的青春，又因为懦弱而把一个无辜的人和自己一同推向地狱。那看似无辜的柔弱躯体中，其实也隐藏着坚硬的恶。

就像一个人的哭与笑，诞生之初，他的世界便在两个摇篮里晃动，一个是善，一个是恶。就如同每一天都要经历的昼与夜，就如同每一年都要轮回的春与冬。无人质疑，无人辩驳。

世界在两个摇篮里晃动，善与恶的交织，使我们永远无法成为十全十美毫无瑕疵的人，那么，就去做一个永远战战兢兢的人吧。因为有过失，所以心怀愧疚，转而行善。因为行善，我们努力修补人生的不完美，才能竭力使人生这块由善恶的纱线织成的布变得完整平滑。

而此刻，我只想对那些鸽子问一句：待我收起所有罪念，怀揣慈悲，渡到来生，与你们相遇，你们还肯，与我相亲相爱吗？

敲 门

十年前，很冷的一个冬天傍晚。

飘泊在外的阿明又一次失业了，还是因为他太过爽直，不懂迂回的性格。他跋涉了好几天，在一个个公司门口吃着闭门羹。一扇扇偌大的玻璃门，透明的，却也是冰冷的，像猛然立起来的巨大冰块，向外发射着逼人的寒气。大概它们也嫌弃他是个外地的乡巴佬吧。浓重的口音总会时不时地泄露心底的自卑，空揣着满腹的才华，却无用武之地，这令他非常沮丧。

漫天飞雪，而他的工作还没有着落，他在想，怎样和乡下的父母说呢？

已经连续第 10 天了，他游魂一般地穿梭在这个城市。他不能回家，因为家人都对他抱着极大的希望，他是村里唯一的大学生，是家人的骄傲。所以，就算在这里饿死，也不能灰头土脸地回去，让全村的人笑话。

他在早晨曾暗暗和自己发誓，如果今天再找不到工作，就了结自己的生命。现在到了兑现誓言的时候了。

自杀之前总要填饱肚子，要死也做个饱死鬼。这样想的时候，他就决定把口袋里的钱都花光，信马由缰地闯进一家饭店。

"把店里最拿手的招牌菜给俺来几个……再来瓶老白干。"他把兜里的钱都拍到柜台上，"豪气干云"地嚷嚷着，好久没这么畅快了！

店主是个60岁开外的老人，走起路来微微跛着脚，但一看就是很干净的人，也很细心。他把阿明的酒用开水烫好端了上来，嘱咐道："酒要温热了喝，不然会伤身的。"

他想，这老板真会做生意，这温暖的小细节很讨顾客的欢心呢！

"今晚店里的客人怎么这么少？"阿明随口问了一句。

"这大冷天儿的，谁不在暖乎乎的家里待着啊。"

一句话戳疼了阿明的敏感处，他再没有说话，自顾自地喝了起来。

想起自己的难处，他一边喝酒，一边竟掉下眼泪来。店主眼尖，看见了，料定他是个有心事的人，主动过来搭腔："听口音，是外地人吧。这是不是遇到什么难处了？我这还有几间客房，如果不嫌弃，今晚可以就住这儿，屋里烧得热乎得很呢。"

他没想到在这小饭馆里竟然还会触碰到难得的几许温暖。不过转念一想，这不过是店家为了赢得顾客的一点手段罢了，他不领情，借着酒劲儿，说出了实话："可是……俺喝完酒，兜里的钱不够住店的了。"

"没啥，那客房闲着也是闲着，不要钱，你就住下来吧。这大雪天的，你能走到哪儿去？"

阿明一下子就呆愣住了，这温暖的话犹如一颗石子儿，在他死水一般的内心溅起一圈一圈感动的涟漪。

客房真的很暖和，也很干净，他想，这样死去也不算凄惨吧。他开始盘算自杀的方式，是吃药，还是上吊呢？吃药还得花钱，他已经没有钱了。上吊也不行，屋子里没有可以挂绳子的地方。那就割腕吧，他想起来，包里有一把水果刀。

正要动手的时候，店主轻轻地，好像啄木鸟啄着树干一样敲了门：

"我新烧的热水，要不要一起来冲个澡，天冷，洗个热水澡会舒服些。"怕他有啥顾虑，还故意强调了一下："放心吧，免费的。"

也好，让自己干干净净地走，也是个不错的选择。

他舒舒服服地洗了个热水澡，店主还和他互相搓了后背。他感觉到眼前的这个瘦小的人像极了他的父亲，有一种说不出来的亲切感。

重新回到屋里，他要继续自己未竟的"事业"。他也有过一丝犹豫，他想店主对自己这样热情，怎么可以在这个地方自杀呢？这样店里的生意岂不是会因为他而受到影响嘛。这样做人有些不仗义。

可是最后，自杀的念头还是再一次占据了上风，他管不了那么多了。他再次把刀子放到自己的动脉上，闭上眼睛，要和这个世界说再见了。

店主却又一次敲了他的门，仍旧像啄木鸟一样，轻轻地啄着树干。

"小伙子，刚才我在结账的时候，发现多收了你的钱。你看啊，你的菜点得多，一个人吃不了，浪费，我就自己做主每个菜都给你上了一半。这样，我就该收你一半的钱。"

这个店家真是奇怪，有钱都不赚！他数了数，那些钱还够他明天再苟活一天的。

他想，钱既然没花完，明天就再去碰碰运气吧。他收起了他的水果刀，很快就睡着了，那晚的觉睡得真香，他梦见自己回到了家，亲人们的拥抱真暖。

说来也真是奇怪，大概是睡眠好的缘故，第二天，他看上去显得非常精神。事实证明，那一天也是他整个冬天以来运气最好的一天，他被一家公司聘用了，而且薪水还蛮高的。

这对阿明来说，不得不说是一个奇迹。阿明心里清楚，这个奇迹有个始发点，那个瘦弱的，像自己父亲的人，是为他开启重生之门的人。

当晚，他在给父母的信里这样写着："这里的冬天真冷啊，寒冷一度把我逼进了死胡同，可是那个老人用他身上的温暖焐热了我，是他一遍遍敲开我的门，敲开我如死亡一般沉寂的心，他拯救了我，那温暖的味道，和你们身上的一模一样……"

一颗心的天籁

　　网络里的热闹，更多的是为鸡毛蒜皮。哪怕是仅仅因为一个明星的穿着，也能引起拥趸和排斥两个阵营的人"大打出手"。喧嚣的微博，一时间风火连城，叫骂声不绝于耳。个个口齿伶俐，骂功非凡。

　　今天，愤怒的人群不断壮大，一棵愤怒的树，横生出愤青、愤老、愤少等突兀的枝丫，上面落满乌鸦的聒噪，麻雀的叽喳。聒噪和叽喳，没有人会认为那是天籁。

　　干吗非要剑拔弩张，轻抚琴弦不好吗？干吗非要狗血喷头，口吐莲花不好吗？

　　嗓门大，不见得有理。比如泼妇骂街，无理搅三分。响得最厉害的轮子，不一定最先被上油，却有可能最先被换掉。

　　很多人嘴里，都含着两颗隐秘的杀伤力大得惊人的子弹，其中一颗叫嫉妒。

　　西毒说，任何人都可以变得狠毒，只要你尝试过什么叫作嫉妒。

一个人招来嫉妒的原因，一是自己太过优秀，木秀于林；二是当着众人的面，晒了太多的幸福。

幸福一露头，痛苦就要跑出来嘲笑它几下。

另一颗叫猜忌。

看过一篇小说，说的是一群音乐学院的学生。其中最引人注目的男生，因为才华横溢获得许多异性的青睐。他的妻子却因狭隘的猜忌与嫉恨向学校检举他行为不端。这是个不可辩白的诬陷。终于，在毕业前夕，男生被学校开除，一夜之间，前途尽毁，不得不一无所有地返回贫穷的故乡。最后，男生背着行囊，面对学校的大门，目不转睛地看着校园，后退着离开。他怀里的吉他，再弹不出喜悦，尽是无休无止的悲伤。

一颗心，斑驳如秋叶，坠落到生命的低谷。

人人心中堆积着一个火药库，经常说反恐，真正恐怖的东西，其实就在你的内心。

如果可以清洗一颗心就好了，世间多少人心，都已面目全非，看不到最初的样子。漫画家魏克说，一个人不必行走在高原大漠，但内心一定要海阔天空。

知足常乐，顺其自然，干干净净，清清爽爽，方为一颗心的天籁。诗人卢卫平写过一首诗《杀人狂》："一个杀人狂/去刑场的路上/对警察说/请用我杀人的那杆枪枪毙我/我只能死一次/千万不要因为我罪恶的死/让这个世界又多了一杆/杀过人的枪。"

　　这算是临终前的忏悔吧，就因为这一个忏悔，那颗罪恶的心，最后的时刻听到的就不再仅仅是枪声，至少会多了一丝温柔的风声吧。

　　这世上，有一种叫"伪朋友"的怪胎，表面上与人一团和气，背地里却巴不得捅人一刀。哥伦布发现新大陆时的惊喜，也比不上他们突然发现朋友的隐私来得热烈。

　　吉田兼好法师认为，人世间大抵难看难听的事有这几种：老人混在青年中间，妄说趣话；卑贱人说世间权贵和自己如何要好；穷人好酒宴，铺张宴客。

　　这几种人的确令人厌恶，就像我铺开洁白的稿纸，正待给尘世写一些温馨的情话，突然间落上来几只苍蝇。

　　一个人的胸腔，仿佛一架手风琴，淡然是低音，宁静而美好，牵引着晨光里的露水和蜂鸣；豁达是中音，雄浑而空阔，铺陈着一路金灿灿的阳光；仁慈是高音，铿锵而有力，飞扬着善的翅膀，接通爱的闪电。

　　人活着有许多不得已的时候，在俗世的染缸里，容不得你全身而退，那就告诉自己的心，尽量被浸染得轻一些吧。

　　在俗世的河流里，我要做回我自己，在逐渐"珠圆玉润"的路上，继续做一枚有棱角的石块。

　　那是最初的玉，也是最淳朴的玉，它们很不情愿，被市侩雕琢。

世上没有生锈的影子

世上没有生锈的影子，影子在移动，一丝风，也可以让它欢呼雀跃。

小时候体质弱，三天两头的发烧感冒。父亲鼓励我多运动，可是惰性牢牢拴住我。母亲宠溺我，不到最后一刻不喊我起床。父亲埋怨母亲，说我再不活动活动都生锈了！我用被子蒙着头，充耳不闻。父亲以身作则，每天早起晨跑，而我终归还是舍不得热乎乎的被窝，对父亲的率先垂范视而不见。

终于有一天，好脾气的父亲狠下心来，硬是把我拉起来陪他去跑步。我睡眼惺忪地跟着他慢慢地跑，满心的不情愿。这时候，太阳从天边慢慢地升起来，那一幕让我惊呆了，这是一轮多么新鲜而饱满的太阳啊。它是刚刚出锅的冒着热气儿的汤圆；它是沾着芝麻粒儿的麻团；它是淌着汁液的荷包蛋……它是人类共有的早餐！

我在为自己错过了很多次这样的早餐而后悔，不然，我该多么健壮！

我跟在父亲身后，气喘吁吁，脚像灌铅了一样，举步维艰。父亲鼓励我咬牙再坚持一会儿，他说："只要你跑起来，你的影子就不会生锈。"

去盘锦参加《思维与智慧》杂志社的笔会，认识了一位传奇人物——渤海艺术研究院院长王绍斌先生。这是一首曲折的诗，人生意气风发的时候，因为特殊原因被判入狱13年。在狱中，他开始写文章，一共发表了近千篇文章，这些文章为他获得了3年的减刑。出狱后，他并没有太多的自怨自艾，他说，人总要为自己的过失负责，既然出错了，就要为这错误付出代价。失之东隅，收之桑榆。虽然失去了那么多年的自由，可是却让他的灵魂得到了淬炼，让他的心灵得到宁静，这何尝不是另一种意义上的收获呢！

他凝视着自己的深渊，那深渊也凝视着他，他却并未掉进那深渊，而是在深渊的边缘游刃有余地穿行。这是一颗怎样抗击打的灵魂！他坚信，命运在他人生的上半场和他开了一个天大的玩笑，也一定会在他人生的下半场还给他一个幸福的圆满！

绍斌先生说，虽然失去了自由，但那些年，他始终让自己的心灵坚持奔跑，而不是待在阴影里。

如果你跑起来，你的影子就不会生锈。

如果你惧怕风，就跑到风的前面去，在它的额头上刻满你的脚印；如果你惧怕黑，就插进黑的内里去，在它的心脏里磨炼一颗灵魂的夜明珠。

安顿灵魂的月光

曾经和一个朋友聊起过这样一个话题：读一些纯文学作品的意义是什么？

朋友的话我很赞同，他说是为了安顿自己。

他说，时下资讯丰富，纯文学被挤到角落里苟延残喘。人们习惯了快餐文学和花边新闻，肚皮饱了，眼睛亮了，灵魂却饿着。

现在的人，太需要用一些东西来安顿自己，比如读一首诗、听一段曲、鉴一幅画、品一杯茶……

安顿自己，就是给灵魂沏一壶上好的龙井，慢慢地滋养，使之得以安然自在。

对于握在手里的东西，我们总是太急于将它捣碎，塞进陶罐里。以为这样才是拥有，才能牢固、永久。世人总是喜欢红，迫不及待地要跨过绿。殊不知，红之后，叶子会很快和枝丫挥手，会很快枯落，人生便有了飘零和诀别。

杨绛先生说过：一个人不想攀高就不怕下跌，也不用倾轧排挤，可以保其天真，成其自然，潜心一志完成自己能做的事。是啊，无心插柳柳成荫，耸入云霄的大厦不是浑然天成，而是一块砖一块砖垒出来的。

不要给一颗心裹上坚硬的外壳，不要给它套上牢笼，要空空荡荡，要荒芜，要试着在今天从心开始，刀耕火种。

阎连科在一篇文章中写道，一个退休的局长家门前再无各种豪华礼盒，一下子变得寂寥而空荡，便偷偷把别人家门前的茅台酒箱之类的东西搬到自己家门前来，"像摘来许多钻石镶在了自家门前般"。那身体虽然退了休，灵魂还没有安顿下来。

常常在深夜看见酒醉的人，哼着忧伤的歌儿，趔趄着，扶着月光。他们买了最昂贵的醉，却依然无法安顿灵魂。

最和美的夫妻，应该是天亮时相视一笑，临睡前互道晚安。而晚安，我更愿意解释为：天色已晚，请安顿身心。

我喜欢旅行。不是逃避，不是寻求艳遇，不是放松心情，更不是炫耀，而是为了洗一洗身体和灵魂，给自己换一种眼光，甚至是一种生活方式，给生命增加一点厚度。记得有人说过：旅行最大的好处，不是能见到多少人，见过多美的风景，而是走着走着，在一个际遇下，突然重新认识了自己。

一叶孤舟，一抹夕阳，一支撑杆，一曲渔歌，一江暖水，一世人间。此情此景，如此美丽，叫人不得不感慨，看到这样的景色，此生足矣。

真正的美景，不是让你尖叫，而是让你平静。生命中需要更多的美，让我们的灵魂平静。

周国平说："老天给了每个人一条命、一颗心，把命照看好，把心安顿好，人生即是圆满。"

我不是诗人，我只是在帮那些寒冷的字絮一个暖暖的窝。

我不是诗人，我只是在帮那些流浪的字找一个安静的家。

我要安顿那些字，安顿流浪的脚印，安顿灵魂的月光。

就这样，晚安！

心灵最初的模样

二妹报了社区的绘画班，每天跟着老师画树、花和房子之类简单的事物，坚持了一段时间，她有些质疑自己，每天重复着做这些有意义吗？

我给她的答案是，当然有意义。这意义就是，你每一天画的树、花和房子都是不同的，尽管线条和色彩都相差无几，但是如果你细心地把每一天你练笔的画都收集起来，你就会看出来不同，今天的树比昨天的苗壮了一点点，今天的花比昨天的花妖娆了一丢丢，今天的房子比昨天的房子多了一缕炊烟……这些都是不同，而且更重要的，是你日积月累，慢慢就画出了自己心灵最初的模样。

这就是意义。也许你最初只是为了打发无聊的时间，然后你认识了更多的朋友，有了更大的交际圈，突然你也更加喜欢上了画画。你发现你变得更加有趣了，生活在你的营造下也自然而然地丰富起来。这些看似毫无意义的小事，正在慢慢改变着你的灵魂和生活品质。

这是你爱自己的一种方式。

跟一位从小一起长大的很好的朋友冷战，都死倔着不说话。有一天我实在憋不住了，试探地说了一句："在吗?"半天没有回复，我以为就这样了吧。

过了一会，弹出一条语音："你丫的不是跟我吵架不理我了吗，你又理我啦。"嗯，还是话音带笑，还是出口成"脏"。

那一瞬间好像所有感觉都回来了。所以，我感谢每一个不分青红皂白站在我身边的人，因为他们总是会记得我心灵最初的模样。

诗人魏克说："人一生的行为，几乎都在向他的童年记忆不停地靠拢。"我总是很清晰地记得童年的一些事情。大约八岁的时候，母亲领我去山区的一位亲戚家小住数日。有一天，听说城里有电影，于是下午就出发，左邻右舍，大人小孩，几十人。看完电影，打着火把走在山路上，欢声笑语。那种绚烂的场景，终是无法再现的。

在记忆里，那个八岁的夜晚，有心灵最初的模样。

嘉纳治五郎是讲道馆柔道的创始人。他临终时对弟子们说，他死后，要系着白带下葬，而白带在柔道里是初学者的标志。在人生的玄奥面前，每个人都是初学者。在嘉纳治五郎的谦卑里，我看到了他心灵最初的模样。法国艺术家杜尚，在世界艺术史上有很重要的地位，但对他而言，艺术是小事，他一点也不在意世俗意义上的成功。当他在艺术上声誉正隆时，竟然抛下艺术下国际象棋去了。他更在意的大事，是生活，是如何活得明明白白。在杜尚的抉择里，我触摸到他心灵最初的模样。

丹麦哲学家索伦·克尔凯郭尔讲过一个寓言：一个穷苦的农夫进城发了一笔财，不但让自己穿上了袜子，还大喝了一场。回家时，醉倒在大路上。一辆马车驶过来，要他让道，农夫看了看脚上有袜子，说："轧过去吧，那不是我的脚。"

人们认识新的自我时，比认识过去的自我更困难。心灵最初的样子，被他忘记得一干二净。

心灵最初的模样，是什么样呢？澄明的，像蓝天，三五朵白云缓缓移动，擦拭着它；惊喜的，如孩子，一两片羽毛都能引起他的惊叫。

心灵最初的样子，在孩童的瞳孔里，也在老者的白发上，它是初出茅庐的低语，也是千帆过尽的慨叹。该开的花在开，该绿的叶在绿，一切顺应天意，自在而美满。最初与最后，看似隔着千山挡着万水，其实隔着的，只是一张纸，许多人，一生都捅不破它。

爱，不必喧嚣

由于家庭困难，并且学习成绩优异，妻子最小的妹妹上学的时候，被一对一帮扶过。整个初中和高中，她的学费都来自那个帮扶的人。每次五妹考完试，都会写信给那个人，告诉她自己的开心。那个人也会很快寄来一封鼓励的信，连带着寄来一些书或者其他学习用品作为奖励。考上大学的时候，五妹说想去看看他，当面感激他这些年的帮助。那个人拒绝了，他说，不用感谢，只要五妹好好学习就行，将来有一天，如果有能力就去帮扶另外的人。

五妹大学毕业后做了一名教师，写信告诉了他，并且依然固执地希望可以见他一面。他很久之后才回了一封信，告诉五妹，他已经退休了，收发室的人是通过好几个人才转给他这封信的，他说："懂得感恩是好的，但也不要因此让自己背上沉重的包袱。其实，给别人以帮助，那个人本身也是幸福的，我在自己有能力的时候，帮扶过一个人，感到很骄傲。所以，你不用太在意这一点点帮助，用那些给我买礼物的钱，去接着帮扶其他人吧。我现在啊，正精神饱满地准备游遍祖国的大江南北呢！"

自始至终，五妹都没有见过这个好心人，他一次次地给五妹卸掉压力，让她轻装前行，他就像夏日里的一缕微风，惬意而清爽地在五妹的耳畔和心头吹过。

好多年过去了，虽然那个好心人不再和五妹联系，但他对五妹的影响是一生的。作为一名教师，五妹爱生如爱子。班上来了后进生，调皮、捣蛋，不爱学习，她把他放在了第一排。天冷了，她提醒学生加衣服；天热了，她让学生多喝水。下课之前，先叮嘱上下楼梯的安全；上课之后，要求学生认真听讲，谁也不掉队。尽管孩子们已是六年级的大孩子了，打扫卫生时，她依旧告诉他们灰尘有污染，动作要轻。一个孩子爬上窗台擦玻璃，她一急，脱口而出："宝贝，小心！"同学们的目光齐刷刷地盯在了她的身上，她说："同学们，我只称呼自己的孩子为'宝贝'，今天老师把你们当作我自己的孩子了。"孩子们笑着，也许他们还不太懂得老师的爱，那又有什么关系呢？

作家马德通过一篇文章里的主人公之口说出这样的话："一阵风，从一个大汗淋漓的人的耳际擦过，它会停下来等待那个人的感恩吗？真正的爱的付出，就像吹在这个世间的和风，它不会因为受惠者是否向它致意，而停下脚步。爱，是不必喧嚣的。"

说得真好！爱，不必喧嚣，人间更多的爱，是沉静无声的。

我见过，为了尊重截肢的同伴而集体不谢幕的合唱团的孩子们，他们每个人的脸上都洋溢着笑意。每个人在排练的时候，都曾无数次地背过那个截肢的同伴，从无怨言。我见过，一个穷孩子为了省电而在学校学习到晚上 11 点才回家，他不知道，大门是 10 点就关的，而守门的大爷为了他，一直坚持着 11 点才关门。我见过，雨天一个幼儿在窗台玩耍，眼看就要从楼上掉下来，路过的两位农民工一直在楼下紧张地伸着手，孩子掉下来的一刹那被他们接住了。他们把孩子交给家长，匆匆走掉，他们说工地上还等着他们干活呢。他们或许平凡，这一刻却无比伟岸……

这些默默无闻的爱，就像和煦的风吹过，里面裹挟着浓浓的暗香。

下班的时候，收发室的老张喊住我，递给我一封信。这年月写信倒是很稀奇了，我看上面写着"转李双玉收"，给五妹打电话，问她自己有单位，为什么费事地要我转一下呢？她说，她帮扶了两个山村里的孩子，那里很偏僻，连电话都不通，其中一个孩子的家长写信来，非要见见她，她就谎称自己外出学习了，为了把这善意的谎言编得圆满一些，就把写信地址换到我这儿了……

我感到一股惬意的风吹过。那是夏日的微风，它从来不会因为没有得到人的感恩而收起翅膀。

它不停歇地吹，让一只蚂蚁鼓足了勇气，在荒凉的人世间跑来跑去；它不停歇地吹，让这潦草的人间，有了一种难以言说的和谐、庄重之美。

这人世间最微小的风，却吹响了人世间最美的天籁。

如果孤独漫上来

我还是爬不到岸上来。无论我怎样挣扎，怎样歇斯底里，都抓不到岸边的哪怕一棵草。

你若病了，世间的一切就都病了。你看哪里，都是灰暗的。人在用生命喂养时间，我们的血肉，就这样被一点一点扔进岁月的托盘，时间之犬却毫不留情地叼走它们。

孤独将我置于火山口的边沿。月光遥远，湖泊冷寂。

那是一座小型别墅。要穿过很大一片树林后，才可以到达。

门上的把手被阳光照着，很暖。屋子里的明媚，如满血的管弦乐队。每一束光线，都可以弹出好听的曲子。虽然很久没人住过了，但并不妨碍阳光的涌入。站在好多面镜子前，你发现每一个你都可以如此斑斓。透过很大的一扇窗子，就能看见大海。

有一点点潮湿的味道，但并不令人反感，有阳光的普照，没几天这点儿潮气就会被蒸发掉。没有家具，没有照片，屋子里一片空阔。这反而是我喜欢的，这可以让自己开始一段崭新的人生，而不是从上一段别人的人生里复制过来，我要的就是这一点。

从别人的人生里撕扯下一块碎布，是补不牢自己那个过于空阔的伤口的。我要斩断与过去的一切纠缠。

我已经能够很清晰地感受到自己老了。从某种意义上来说，变老也是好事：我终于能够和父亲——这个给了我生命的人，分享我真正的童年。其中没有太多自以为是的成年人想象出的单纯和快乐，而我在时光的缝隙中无意瞥见的虚伪、势利甚至严苛，都蕴含在曾经不可言说的五味杂陈之中，可以向他倾诉。

法国画家奥古斯特·雷诺阿生命的最后 15 年中，一直忍受病痛的折磨，手经常扭曲抽筋。但他一直选择描画熟悉的快乐事物，所以他作品中没有一丝痛苦的痕迹，总是肯定着生活的美。

朋友忍不住问："为什么你这么痛苦，还要坚持每天画下去？"

雷诺阿说："痛苦会过去，但是美丽永存。"

看清世间磨难，却依旧热爱它。这样的心，终将得到命运的浸润。

一个人，或许只有遇见过太多牛鬼蛇神，才会成就一脸不温不火、不急不缓的佛相吧。

《我爱这哭不出来的浪漫》，这是一本书的名字，我不知道这是谁的书，但我爱上了这本书的名字。哭不出来的浪漫，是一种怎样揪心的唯美！

殷勤的手帕等待着你的眼泪，你的眼泪却迟迟不肯落下，你退回到一个人的城堡，那里月光安然，那里湖泊无恙。

尼采在《最孤寂者》中说："你为什么不安息呢，阴郁的心啊，是什么刺激使你不顾双脚流血地奔跑呢？你盼望着什么呢？"

曾经努力想去看清一些事，现在却开始放弃去看清一些事，怕自己抵达的彼岸，有太多的陌生，那种由熟悉转化而来的陌生，才是最冷的陌生。

你凝视镜子中的自己，你认出你自己了吗？世界让我遍体鳞伤，但那些伤口却纷纷开出花，纷纷长出翅膀。

经过了几十个新年，终于变成一个旁观者，任烟花绚烂，歌舞乱眼。人生落实到最普通、最平凡的时刻，就是现在。

人们说，现在的你已经像渐被秋色渲染的树叶，而我怎么就无知无觉呢？不是对于机体的衰老，而是对于曾经令自己惴惴不安的提醒——这就是不断自己制造障碍或遭遇挫折的好处吧？认识到生命本质力量的有限，从而放下那些对奇迹的过度爱慕。

从现在开始，每一步，都开始走得真实，像一朵花不再为蝴蝶的赞美去开放，但它开放；不为秋天的一滴眼泪而凋零，但它凋零。这就是此刻的我。

我在自己的灵魂里招兵买马。我看到了光。是的，光。

把光放进黑暗里，那才是真正的光。你或许看不见它，但它在那里，时刻等待着穿透那紧抱一团的黑。

就像命运，再也阻挡不了我内心的火焰升腾。

我也不再惧怕孤独，甚至有些深深地爱上它。

如果孤独漫上来，那么，我就用更庞大的孤独把它压下去。

和草木谈心

从一棵草开始。从一棵草的摇动开始。目测它有几寸的腰身，如同目测心仪的女子，什么尺寸的旗袍才最合身。从一棵草的摇动，去捕捉风，这疯跑了一夜的家伙，此刻，正躺在草丛里，拥着蚂蚱、草蛉和金龟子，无忧无虑地酣眠。

不知名的小野花们，蹑手蹑脚地开着，让匍匐已久的一方山水，站了起来。草儿们欢欣鼓舞，不在意人类的赞美或者鄙夷，长一寸是一寸。

草木会自己梳头，也会拥抱着自己舞蹈，草木自有草木的风骨，无须人类去自作多情地照顾。你看天上，五级风正在搬运一片白云；你看风里，礼貌的小草不停地点头致意；你看花间，蜜蜂们拥挤着，吸吮生活的蜜。

诗人们也拥挤着，赞美生活。同时发出他们的疑问：你只看到了叶子的绿和黄，你看到叶子的慵懒了吗？你只看到了月亮的圆和缺，你看到月亮的寂冷了吗？

掉落在地上的那枚松针，那么细小，谁也不会相信，它正在撬动森林。庞大或细小的寂静草木，始自深情的根植，兴于兢兢的生息，恪守着内心的丰盈。

冯唐说，没有花草，我靠什么形容她啊。看吧，草木还可以辅助人们去恋爱。

桃树没有因灿烂的花朵坠落而悲痛欲绝，它在等待叶子再一次莅临枝头，它知道自己生命长久的岁月里，是平常的绿色和饱满的果实，而非粉红色的一时惊艳。

这一切都告诉我，如果没有草木，江山成何体统？

朱光潜在《厚积落叶听雨声》中说，人的最聪明的办法是与自然合拍，如草木在风和日丽中开着花叶，在严霜中枯谢，如行云流水自在运行无碍，如"鱼相忘于江湖"。

与自然合拍，甚好。人间草木都是我的亲人。

一只蝴蝶，和一朵花，相互凝视，就如同美人，在照着镜子。我想，一个人凝视深渊太久，也将濒近深渊；凝视一朵花，久了，就会变成一只蝴蝶。

高的树和低的树有什么区别？高的草和矮的草有什么分别？都是一样在接受风的抚摸或者鞭打。自然万物，不分高低，从无高贵与卑微之分。这就是我们需要向草木学习的地方。

所以，我们需要去花草中坐下来，和草木谈谈心。与山水交友不累，和草木谈心最真。和草木谈心，才能忘了尘世的烦扰。炫富者，为富不仁者，都是令你厌恶的对象。很多人都讨厌成功者，但往往讨厌的不是成功本身，而是某些人成功之后那副盛气凌人的嘴脸。尤其是，他们利用成功之后获得的金钱、权力、名声等，去欺压和凌辱别人。当然，也有一种烦扰来源于你自身的劣根性，你的朋友失恋又失业，你感觉很糟；你的朋友升职又加薪，你觉得更糟。

秋后的沉寂，更有哲学的况味。这时去看满山的枯木和荒草，比那些争艳的花朵更有趣。草木老去，只是一瞬间。草木返老还童，也是刹那。

非常佩服约翰·缪尔，觉得他是真正的自然之子。一次，他和爱默生骑马穿越森林，不断让爱默生留意兰伯氏松，指出这些树像国王和牧师一样尊贵，它们是所有森林中最雄辩、最不容置疑的布道者，在四周围满的密密层层的祈祷者中，它们伸出年龄有一个世纪的臂膀，进行着祷告。只可惜爱默生由于身体欠佳，意兴阑珊。在一座高山上，约翰·缪尔与满天繁星共度一夜，黎明时带着清新的心境走下山去。他说，将来，无论你的命运如何，无论你遇到什么，你将永远记住这美好、自然的景象。当你回忆起你在这片古老而又神奇的大地上所做的游历时，你的心中永远都会充满喜悦。

人需要向草木学习的地方还有，它们只要遇到阳光和雨露，总是一点也不浪费，把每一寸阳光和每一滴雨露都用到极致，以完成这难得的存在。

所以，大自然才是最伟大的艺术家，人间的一切，均是它的杰作。天阔，水蓝，一行白鹭，风吹草动，万物如此般配，比例协调，画家和诗人，再伟大的杰作，都不过是在照搬而已。

　　既然如此，就坐下来，静静地看这伟大的艺术家是如何创作的，看它挥洒阳光和雨露，握着万千草木，一挥而就。坐下来和草木谈心，你会发现，身体里仿佛也生着草木，也在随着季节繁茂或者凋枯。我也愿意像约翰·缪尔那样，做一个心中有草木的人，让耳边时刻回荡着布谷鸟的欢叫……可是此刻，我却更为关心，到底什么样的风，可以把脏乱的人间再一次吹蓝？